时间的乡愁

余光中 著

中国友谊出版公司

在每一卷诗的扉页

只要掀开,就能够

见我的眼神未改

我回到小时的一首歌里

万里长城万里长

长城外面是故乡

我成了一个时间的浪子,背着记忆沉重的行囊。

幽默起于人生之荒谬与无聊,对于生命的困境甚至悲剧,是一帖即兴的解药。

月色与雪色之间

你是第三种绝色

她会在何处

等我呢,我能

在她的去处等她吗?

玄秘的海峡

一半归,无眠的,他

一半属,传说的,众神

目录

1 代序　无尽的思念

第一章　吟诵千年

2　我所见的东坡居士

7　诗史与史诗

10　论倒装之美

15　免缴遗产税的现金

17　吟诵千年始能传后

20　中国古典诗之虚实互通

第二章　四度空间

28　唯诗人足以译诗？
61　新儒林外史
77　译无全功
98　中西田园诗之比较
117　析论我的四度空间

第三章　妙想惊鬼神

136　铜山崩裂
150　天鹅上岸，选手改行
158　炉镕道艺一鸿儒
167　眼到，手到，心到，神到
172　妙想惊鬼神
181　参透水石
187　野心与良心
192　宁让科技秒杀？
194　远念黄国彬

第四章　诗心画境通茶香

- 198　涩极而润，苦尽甘来
- 206　诗心画境通茶香
- 212　耿耿孺慕
- 216　选美与割爱
- 223　智取与情胜
- 229　为现代诗画松绑

第五章　由不惑到坚定

- 238　莫随瑞典老头子起舞
- 243　由不惑到坚定
- 245　蓝星曾亮半边天

第六章　天问

- 248　阴阳一线隔
- 250　梦见父亲
- 259　悼念李永平

261	忆初中往事
266	鸽池
267	五株荔树
270	风筝与救护车
272	沙糖橘
274	谢渡也沙糖橘
276	危楼
279	半世纪
282	他与众神
284	三伏大暑
285	巫者告诉我
287	不倒翁
289	天问
292	舍利子

代序　　无尽的思念

余幼珊

　　《时间的乡愁》虽在父亲过世后出版，然而是他在生前就规划好的一本书，要收录的文章也都已经拟定，而九歌原本也打算继嵩寿祝庆的《举杯向天笑》之后，再以此书庆贺耆寿，可惜父亲未及佩戴今年的茱萸就先离世了。

　　父亲在此评论集中收入了二十九篇文章，我依照其性质分成五章，第一章是父亲的古典文学论，第二章是篇幅较长的评论（即父亲所谓的"正论"），第三章收入各类艺术形式的评论及亡友悼文，编入第四章的是为朋友后辈所写的序文，而最后一章则以几篇贺文作为结尾。

　　此外，父亲在二〇一五年出版了《太阳点名》和《粉丝与知音》之后，又写了十几首诗和四篇散文，这些作品无法单独集结成册，因此我另辟第六章，将这些诗文收在此书中，以免混淆评论集的性质。

　　另外特别要说明的是，第一章古典文学论，除了东坡居士一文，其余皆是父亲摔伤之后所作。摔伤之后父亲不再去学校工作、教学，闲来便读古诗词，有感而发为文。前四篇表达了他对苏轼和杜甫之喜爱兼佩服，而《免缴遗产税的现金》和《吟诵千年始能传后》两篇，则因二〇一七年教育机构修改课纲欲降低文言文比例，父亲为此鸣不平。诗人渡也先生曾说父亲是位"大侠"，除了参与演讲评审等活动不遗余力，对于他奉献一生的文学和文字之事，也总是挺身护卫。这两篇文章写于八十九岁之高龄，足见父亲不因年迈体衰而心灵迟钝。

　　第二章的《中西田园诗之比较》，乃父亲于二〇一五年受香港中文大学之邀，主持新亚书院六十五周年学术讲座暨"钱宾四先生学术文化讲座"，特别为此场合所撰。而《新儒林外史》则是为二〇〇九年纪念钱锺书百岁所举办之研讨会而作。

　　第三章中较为特别的是《宁让科技秒杀？》一文。父亲不使用任何电子产品，连提款卡都没有，唯一使用的"先进"机器是传真机和影印机。二〇一五年全球行动互联网在台北召开会议，之所以请父亲去参加，是好奇他不用电子产品如何过日子。在这电子时代，父亲确实还能生存，而且活得颇自在。然而他并不全面排斥电子时代的种种现象，在文字上他很敏锐地伸出触角，将新学到的一些俚俗语融入作品，而且竟然还担任了第一届到第八届台湾大哥大myfone行动创作的简讯奖评审，也尝试写了一些有趣的简讯。我最

代序　无尽的思念

喜欢的两则是："不要再买了。LV，只是 love 的一半。"以及"母亲，感谢你送我的这一副牙齿，一直耐用至今，否则这世界我怎么消化得了。"在《宁让科技秒杀？》这篇短文中，他提醒大家要慢活，我不由得想起，在他还能开车上高速公路时，春天总会带朋友学生去看盛开的木棉，青光眼和白内障尚未太恶化时，夜晚也总是抬头观星。他生活忙碌，稿债沉重，但是不忘慢活。

也因此，在第六章中，仍有他为沙糖橘所写的慢活诗，但是，八十七岁之后，他身体渐衰，加上跌了一跤伤及脑部，开始感受到老、病的威胁。所以，在生命最后两年，父亲终于不得不开始思考死亡的问题，遂有《天问》这样的诗作。去年十一月入院前，他还构思了一首以"阳关"为题的诗，并告诉我，这首诗很难写，但写成了会是一首好诗。此诗未能完成，而他已到了阳关之外，留给我们的，是这本新书，以及无尽的思念。

第一章　吟诵千年

我所见的东坡居士

我并非研究苏东坡的专家,但是不失为其知音,而且写诗多年,略知其中甘苦,所以也不失为其同行。一提到东坡,我就有不少感想。

有一次和朋友说到东坡,我大发议论,指出东坡素有多元全才之誉,其实他不用学英文,更无须读物理、数学。此说实在不知轻重,因为古代文人大半得做官,并非闲题两句"欲把西湖比西子,淡妆浓抹总相宜"就能打发复杂的政务、繁重的公文。东坡两度主政杭州,第二度再去,发现淤泥厚积,湖水日浅,就得认真疏浚,而挖出的淤泥又得筑成苏堤。浩大的工程在东坡太守监督之下终于完成。至于入朝掌权斗争的压力,下野远贬江湖不断迁移的辛苦,就更不用提了。

东坡有一首诗调侃章质夫派人送他美酒六壶,书至而酒不至,句云:"岂意青州六从事,化为乌有一先生。"常有人评他用典太多,唱和过频。其实才学既富,加以诙谐,只要用典贴切,不失之抽象,又有何妨?

东坡作品有其诙谐一面,他常反躬自嘲,也不放过戏弄文友。例如《寄吴德仁兼简陈季常》一诗,开篇四句就说:"东坡先生无一钱,十年家火烧凡铅。黄金可成河可塞,只有霜鬓无由玄。"其后四句更挖苦陈季常:"龙丘居士亦可怜,谈空说有夜不眠。忽闻河东狮子吼,拄杖落手心茫然。"不过这位畏妻的季常(陈慥),到了东坡的散文里,却变成正面人物方山子。《方山子传》选入了《古文观止》,成了范文。这一来,他不再是那位"拄杖落手心茫然"的"季常癖"了,竟变成隐士、侠士,兼策士,令人向往。其实东坡自嘲诗虽多,但在《后赤壁赋》中却自状为"履巉岩、披蒙茸、踞虎豹、登虬龙……盖二客不能从焉",可见非常得意。一般论者美誉前后二赋,每每混为一谈;其实前赋之境参透水月盈虚之变,而臻于万象为宾客之常,可是后赋失其常而困其变,又落入悲观的小我了。不过后赋中梦一道士,羽衣蹁跹,竟是孤鹤化身,却令人惊喜。

古代诗人之中,东坡的人缘最好。我是说,他虽特立独行,却最为大众欢喜,所以许多有趣的事都附会在他身上。《警世通言》就有一篇《王安石三难苏学士》,说王屡次考他,他都答不出来,那情况十分复杂,在此不能多表。至于他拿来考西夏使者的古怪"神智体",我怀疑也是好事者所传。东坡肉享誉至今,据说杭州百姓感激东坡疏浚西湖,送给他不少肥猪。他教人切成五花条肉,一寸见方,加上作料做成美肴。东坡自己有句："无肉令人瘦，无竹令人俗"，不料他连贪吃肥肉，也成了美谈。东坡与佛印、黄庭坚之间互斗禅机，令人发笑。还有苏小妹的传说，也都是想当然耳。东坡是有一个姊姊，大东坡两岁，名叫八娘，婚姻不幸，死得颇早。原来八娘嫁入程家，常受苛待，婚后一年生了一子，但自己也得了重病。程家不给八娘延医，苏家乃接女儿回家调养。等到八娘病情好转，程家竟将婴儿夺走。遭此巨变，八娘病又变剧，三日后含冤而殁。

最令我意外的，是苏洵和东坡父子对王安石的评断，完全相反，苏洵携二子至京师，见王安石之奸诈伪善，曾作《辨奸论》一文，影射其人。此文亦收入《古文观止》，成为范文。三十年后，王安石逝世，哲宗要追赠他为太傅，结果敕文是由中书舍人东坡执笔。东坡如果不愿接受，大可婉拒，反正王安石已不在，怎会得罪他？结果东坡写了，而且下笔非常肯定。其文三段，末段如下：

  朕方临御之初，哀疚罔极。乃眷三朝之老，邈在大江之南。究观规摹，想见风采。岂谓告终之问，在予谅暗之中。胡不百年，为之一涕。于戏！死生用舍之际，孰能违天？赠赙哀荣之文，岂不在我！宠以师臣之位，蔚为儒者之光。庶几有知，服我休命。

其情其文，盖亦出于东坡本意。其实王安石是一位很复杂的大人物，而东坡对他也以弟子自居，虽然像是政敌，却更像是文友。

乌台诗案时，王安石反而是站在东坡一边，曾上书神宗说："安有盛世而杀才士乎？"东坡《次荆公韵四绝》之一云："骑驴渺渺入荒陂，想见先生未病时。劝我试求三亩宅，从公已觉十年迟。"又有一首六言诗《西太一见王荆公旧诗偶次其韵二首》："秋早川原净丽，雨余风日清酣。从此归耕剑外，何人送我池南。""但有尊中若下，何须墓上征西。闻道乌衣巷口，而今烟草萋迷。"所以两大诗人之间，次韵唱和，既有比赛之意气，也有互慕之情，实乃美事。其实引起东坡次韵之荆公原诗，本就十分之美。原诗为"杨柳鸣蜩绿暗，荷花落日红酣，三十六陂春水，白头想见江南"。苏氏父子对王安石，一为明诋，一为暗颂，有趣。可是东坡祭韩愈与欧阳修，都十分肯定，却未有明文颂王安石，足见他对王仍有保留。

东坡有些诗文引起正反的评价，例如《记承天寺夜游》小品，写中庭月色不似人间，末句是"何处无月，何处无竹柏，但少闲人如吾两人耳"，强调的正是雅致而闲逸，评者常说这是流露贬官之怨，我认为不应这么落实，倒反而俗气了。

另一点我要强调的，是东坡的少作虽然已多佳作，但他真正的杰作应该是那些出川已远而沧桑已深的诗：长者应包括镇江的《金山寺》、彭城的《百步洪》、登州的《登州海市》；短者也应包括《自题金山画像》："心似已灰之木，身如不系之舟，问汝平生功业：黄州惠州儋州。"这一点说明：大作家之杰作未必要以故乡为主题，例如杜甫之丰收应在成都与夔州。艺术家亦然，例如梵高，他画的静物向日葵是法国泥土所生，而非荷兰的国花郁金香。至于平生功业三地之末的儋州，则是离四川最远甚至大宋江山极南之地。

中华民族爱东坡，不但很多故事派给他演，而且将他的名句泯入日常语言，人人会用而未必知其出处。"胸有成竹""雪泥鸿爪""高处不胜寒""不识庐山真面目"等皆是佳例。有一次航空公司的柜台小姐卖机票给我，见了我的身份证，随口说出"今日才识庐山真面目"。我猜想她未必知道此句出处。

东坡先生成就多元，即诗一项一生已有四千多首。王水照编《苏轼选集》在《前言》中说，苏诗传世三千多首，苏词传世三百多阕。六十六岁已如此多产，比起我以八十八岁也不过逾千首来看，遗产真是丰厚。

二〇一六年七月

诗史与史诗

杜甫的诗，我每读一首，都在佩服之余，庆幸中华民族出了如此伟大的诗宗。如果李白的奔放不羁可以比拟莫扎特，则杜甫的沉郁顿挫当可比拟贝多芬。西方论诗的传统尊史诗而抑抒情诗，杜诗有诗史之誉，但学者每以他未曾写史诗而引以为憾。现在我要挺身为他辩护，肯定他一生写了那么多诗，合而观之，其实也可称史诗，因为那些深刻而感人的杰作，在分量上品质上并不逊于西方的史诗。那些作品若加分析，就发现十分多元。其中有《新安吏》《潼关吏》《石壕吏》与《新婚别》《垂老别》《无家别》，所谓"三吏""三别"的叙事，也有《三绝句》（"闻道杀人汉水上，妇女多在官军中"）的讽刺。《戏为六绝句》实开以诗论诗的先例，后人诠释不断。《梦李白》多首，从致敬到劝诫，语重心长，催人泪下。"魂来枫林青，魂返关山黑。君今在罗网，何以有羽翼？落月满屋梁，犹疑照颜色。水深波浪阔,无使蛟龙得!"告诫得如此殷勤郑重,无论在中外文学里,都属罕见。此外,杜诗之中也有专求唯美富于象征的,却为胡适所轻,例如《秋兴八首》。兹举其第七首:

> 昆明池水汉时功,武帝旌旗在眼中。
> 织女机丝虚夜月,石鲸鳞甲动秋风。
> 波漂菰米沉云黑,露冷莲房坠粉红。
> 关塞极天唯鸟道,江湖满地一渔翁。

再看《漫成一首》:

> 江月去人只数尺,风灯照夜欲三更。
> 沙头宿鹭联拳静,船尾跳鱼拨剌鸣。

岂非富于感性?前两句诉诸视觉,后两句兼顾视觉与听觉,真是一首"活"诗,而且充满谐趣。杜诗长短不拘,短者如《八阵图》,"江流石不转"一句,竟融时空于一炉:江水东流,什么也拦不住,石阵却不为所动,多大的气魄。至于长诗,最长者《秋日夔府咏怀奉寄郑监李宾客一百韵》,也只有二百句,在西方文学中只能算短诗。因此读杜诗,不可拆开来,成为东零西散的杂碎,而要合成一体,综而观之变成一整首诗,一整首史诗,主题是安史之乱,使杜甫成为中国最伟大的难民,所以我说:"安禄山踏碎的河山/你要用格律来修补。"

如此说来,"诗史"可谓创作了"史诗",可列于国际的史诗而无愧。

二〇一七年一月

论倒装之美

文法各部门，在诗句中排列的次序，往往形成倒装（inversion）。格律对语言的压力也因此转化为异样的美感，诗句也因此变得耐读，嚼之乃觉饶有余味。中国的古典诗讲究平仄的参差、对仗的平衡。西方的格律诗要求轻音与重音的间隔，都不能避免倒装。散文比较允许平铺直叙，太多倒装，反而不自然。让我从中西诗中各举数例为证。

    香稻啄余鹦鹉粒，碧梧栖老凤凰枝。

此例摘自杜甫《秋兴八首》的末首，如果"还原"为散文，或可说成"鹦鹉啄余香稻粒，凤凰栖老碧梧枝"。但是诗意全失，由此可见倒装之功。盘马弯弓、蓄势待发，是引弓之先；反身射敌、中

箭落马,是其后果。兹再引杜甫早年笔健气盛的《房兵曹胡马》:

> 胡马大宛名,锋棱瘦骨成。
> 竹批双耳峻,风入四蹄轻。
> 所向无空阔,真堪托死生。
> 骁腾有如此,万里可横行。

整首诗的气势,大半靠倒装来撑持。许多句子如果不倒装,就"还原"为"瘦骨成锋棱""双耳批峻竹""四蹄入轻风""有如此骁腾""可横行万里",一切抚平,理顺了,诗意大失。最灵活的该是"所向无空阔,真堪托死生"一联,空阔之虚一任胡马之所向,死生之无常,全托胡马之驰骤:想象之高妙超迈,简直升入了哲学之境。另一佳例是《旅夜书怀》:

> 星垂平野阔,月涌大江流。
> 名岂文章著,官应老病休。

后两句的倒装,可还原为"文章岂著名,老病应休官",倒简单。前一联就灵活得多,意为星垂天边,乃见平野之阔,月轮涌出,乃照见大江之流,真是既有静态,又富动感,吟诵时,应当前二字一顿,后三字一挫,杜诗至此,方为高明。再引《古柏行》:

> 苦心岂免容蝼蚁，香叶终经宿鸾凤。

苦心，指柏树心苦，但双关之意亦包括自谓。香叶也有双关之意。若加还原，可作"苦心岂免蝼蚁容，香叶终经鸾凤宿"。前句还原得勉强，后句就自然得多。再引《诸将》之句：

> 胡来不觉潼关隘，龙起犹闻晋水清。

潼关古来易守难攻，但竟为安禄山所破。七个字就说尽了安史之乱，而且绝难"还原"。另《咏怀古迹》有"舟人指点到今疑"一句，亦为"疑到今"之倒装。《秋兴八首》之首，"寒衣处处催刀尺，白帝城高急暮砧"，前一句是意义上的逆述，后一句原可还原为"白帝城高暮砧急"，但因在中文里，"急"字不像在英文里应依文法而变化，可以承上接下而不变形，实为一着"活"棋。例如在中文里可以说"你这句话很有诗意"，英文里要说 Your remarks are so poetic，不可说 Your remarks are so poetry。

《秋兴八首》之六，"花萼夹城通御气，芙蓉小苑入边愁"一联，散文的次序该是"边愁"入了"芙蓉小苑"，经此一倒，才有张力：本意原是边愁（边疆之乱）虽远在宫廷深处也感觉其忧。

再从英诗中引数例为证。最有名的该是莎士比亚十四行诗一一六号的开始：

> Let me not to the marriage of true minds
> Admit impediments.

若依顺述次序，可以还原为 Let me not admit impediments to the marriage... 莎翁如此倒装，实为破格，强调的是真心实意之爱。济慈的名诗《初窥蔡译荷马》(*On First Looking into Chapman's Homer*)也是一首商籁：

> Much have I travelled in the realms of gold,
> And many goodly states and kingdoms seen;
> Round many western islands have I been
> Which bards in fealty to Apollo hold.

可见一经如此倒装让开口洪亮的字眼殿后做韵脚，乃使音响之美倍增。这技巧，不少当代诗人都未学会。且看丁尼生的悲歌《狄索纳司》(*Tithonus*)之二例：

> And after many a summer dies the swan.

主词在句末才出现，重心殿后，多么美妙，如果还原为 After many years the swan dies，诗意就全失了。在同一首诗中，又有一例：

Me only cruel immortality

Consumes:

把宾词 me 放在句首,才够强调,意为"何以唯独是我如此不幸?"再看和丁尼生同时的布朗宁之短诗《晨别》(*Parting at Morning*):

Round the cape of a sudden came the sea.

海最后突然出现,予人惊喜,正如天鹅出现在句末的分量一般。弥尔顿有一首十四行诗,题为 *Lawrence, of Virtuous Father Virtuous Son*,即以题目为此诗之首句,倒装得很妙。如果径用散文句法,就成了 Lawrence, virtuous father has virtuous son,派头乃荡然无存。在英诗中,弥尔顿最擅长安排倒装的长句。他的悼亡友《利西达斯》(*Lycidas*)就有句如下:

Thee, Shepherd, thee the woods and desert caves,
With wild thyme and the gadding vine o'ergrown,
And all their echoes, mourn.

二〇一七年一月

免缴遗产税的现金

阅报惊悉以往教育机构定的文言文在课本中的比例,已经由四十篇一减再减,直到目前的仅有十篇;甚至有人担心,或有一天会被删尽。一说文言文的去留也容高中生参加投票。那就更危险了,其实学生是恨不得完全不选文言文的。其实目前连白话文也已经变得半通不通了。例如:"这不是属于他研究的范围""那是属于今天下午的气象报告","属于"都是冗词。又如:"他终于被升为主任","被"有必要吗?再如"他为自己倒了一杯茶",当然是为自己,不必指明是为谁。

文言文之重要,言者已多。它是几千年中华文化的载体。胡适为了推广新文化,不免过分强调了文言文的弊病。我自己的作品,当然从众,基调是白话,但是遇到某些场合,例如避免白到张口见喉,白到不耐咀嚼,我就会求援于文言文的含蓄与权威,用些典故,或引些名句或成语。所以我往往解释自己的文章，是"白以为常，文以应变"。

中国古典的遗产，经千百年的淘汰到我们手里，是一笔现金，不需缴税。唐宋八大家中，有五家至少兼为大诗人，怎可一笔抹杀？目前台湾地区的散文，愈写愈聪明，愈繁复，愈古灵精怪，真能超过韩愈和苏轼吗？

据说"新课纲"减文言文之余，反而增加了日文的选项。如果所加的是川端康成、夏目漱石，或一组饶有禅意的俳句，台湾地区的学生还可以学到日文的精华，可是"新课纲"入选的不是这些，也太政治化了。

目前的执政者，亲日不遗余力。不过日本的学者却热衷于研读《左传》及其他华文典范。舍近而求远，中国台湾的执政当局恐难逃历史的公断吧。

本文为响应王基伦教授之高见而作。

二〇一七年八月二十二日

吟诵千年始能传后

近日文坛为了文言文存废的问题争论不休，但另有一个问题，说大不大，说小不小，却还没有人想起。那就是吟诵。原来文言文所以传后，不是止于默读，而是通过吟诵。李白的五律《夜泊牛渚怀古》是一大明证："余亦能高咏，斯人不可闻。"典出《晋书》：袁宏有咏史诗，谢尚镇牛渚，秋夜乘月泛江，正逢袁宏在舫中讽咏，遣人问之，答云，是袁临汝儿郎诵诗，尚即迎升舟，谈论申旦，自此名誉日茂。所以"余亦能高咏"两句的憾语，意即我也能吟咏，可惜没有知音听见。杜甫也有句："新诗改罢自长吟。"

一首诗如果只停留在字面上而未经吟诵，则其生命尚未完成。《晋书》就有这么一段："王敦酒后，辄咏魏武帝乐府歌曰'老骥伏枥，志在千里，烈士暮年，壮心不已'，以如意打唾壶为节，壶边尽缺。"后世遂以"击碎玉壶"来喻激赏诗文。也难怪朱熹写《醉下祝融峰》,要说"浊酒三杯豪气发,朗吟飞下祝融峰"。龚自珍在《己亥杂诗》里更有这么一首"回肠荡气感精灵,座客苍凉酒半醒。自别吴郎高咏减,珊瑚击碎有谁听?"并自注云:"曩在虹生座上,酒半,咏宋人词,呜呜然。虹生赏之,以为善于顿挫也。近日中酒,即不能高咏矣。"可见定庵咏起诗来,三唱三叹,不知有多么慷慨激楚。

中国吟诗的传统,是各省以自己的方言为准来行,往往病在刻板,易沦为千篇一律,没有吟者独特的风格。小时候,父亲教我读古文,选的多半为文以载道类,例如《谏太宗十思疏》《五代史伶官传序》。我的二舅父就补父授之不足,教了我例如《赤壁赋》《阿房宫赋》《秋声赋》一类的美文。至于诗词,我本来就爱读,则自己主动来寻诵。

我认为吟诵古文,应自选风格,无法由他人来示范。父亲教我读古文,往往只是自诵,无所谓传授。我觉得他诵得并不生动,只是泉州腔而已;舅父吟的也只是江南腔,风雅而已,并不够壮怀激烈。我终于发展出自己的风格,以供自我之过瘾与催眠。我对班上的研究生畅诵苏轼的《念奴娇:赤壁怀古》,他们闻所未闻,非常感动。我这才发现,台湾地区现时的中文系,根本不出声吟诵古文,包括诗词。一九九二年英国文艺协会邀张戎、汤婷婷、北岛和我去英国的六座城市演说并吟诵。每次我一定吟诵东坡的《赤壁怀古》,也一定赢得热烈的掌声,可见吟诵有一种跨越文字的魅力,能催眠听众,使之接受异域的风格。这一招屡试不爽,非常成功。无论在东西方都十分见效。

另有一事可以说明诗与吟诵的密不可分。便是中国的绝句,因为字少,一时灵感迸发,犯不着笔录下来,就顺口吟了出来,谓之"口占",乃有"口占一绝"之美谈。且以东坡先生为例:他才思敏捷,我相信不少简短透明的绝句,他都是顺口吟出来的。加以中文往往对仗,心中得了首句,其后的三句就跟出来了。以李白敏捷之才,口占《金陵酒肆留别》一类的"即席"之作,难道还要先打草稿,不怕同席人嘲笑吗?所以诗人得句,呈两极化,有的是"闭门觅句",有的却是"对客挥毫"。

中山大学的中文系,简锦松教授学童吟诵诗词,是极罕见的例外。这些学童实在幸运,从小有此机会学习,他日成诵,沉入记忆深处,左右逢源,必能胜过常人。

二〇一七年九月

中国古典诗之虚实互通

1

近日耽读《瓯北诗话》,感想颇多。瓯北就是清代中期的诗人赵翼,是清官廉吏,判案十分仔细。在广州获海盗一百余人,按律皆为死罪,赵翼详审之后,只杀三十八人,其余则遣戍三十六年。林爽文之乱,他适时调来粤军,平乱有功,曾官至三品。他的志趣,是做诗人,与袁枚、蒋士铨齐名。

2

在《瓯北诗话》中,赵翼详论前朝诗家,认为李白天才神授,而杜甫乃后天之功,且引杜甫《白帝城最高楼》之"扶桑西枝对断石,弱水东影随长流"为例,惜其地理错置。据此则杜甫之《登岳阳楼》云:"吴楚东南坼,乾坤日夜浮",也不免地理有误。拿一本中国地图来看,立刻可见长江下游,不管长江和淮河曾有何种交流或错乱,都只能说它反而是在其东北。以杜甫之博学,这一点也未必是他忽略了方位。这就要用中国律诗的平仄与对仗来考虑了。"吴楚东南坼"如改成"吴楚东北坼"非但刺耳,更是违律。同样地,《别房太尉墓》也因为要对仗,也有"近泪无干土,低空有断云"的别扭之语。

"吴楚东南坼"还有一个问题,其本意是说岳阳地势或岳阳楼之高,可以远眺长江的下游,却忽略了中间还有鄱阳湖到太湖的所谓"云梦泽"。更欠斟酌的,是吴楚的相提并论。中国不但历史悠久,抑且疆界多变。吴开拓最早,楚在北方人的心目中则是迷信而且南荒之地。黄庭坚赞苏轼的名句:"公如大国楚,吞五湖三江",可见楚国之大,包罗之广。

王昌龄的七绝《芙蓉楼送辛渐》:"寒雨连江夜入吴,平明送客楚山孤,洛阳亲友如相问,一片冰心在玉壶";此处的"吴",指的是江苏省丹阳市,离镇江尚有数十公里。芙蓉楼在润州(今江苏镇江)西北方。王昌龄当时任江宁(今南京市)丞,诗中所咏,或指王本人陪辛从江宁到润州,再渡江取道扬州去洛阳。次日清早送客,隔江可望楚山,但心情却是即将分手的孤寂。可见中国古诗常安排造物广阔的背景来衬托诗情,所以吴楚动辄入诗。

郑谷的《淮上与友人别》也可资印证。其诗云："扬子江头杨柳春，杨花愁杀渡江人。数声风笛离亭晚，君向潇湘我向秦。"扬子江本指长江上游，但此地却泛指长江。潇湘不只指其二水，却相传舜帝南巡，死于苍梧，二妃从征，溺于江中，所以诗人写到二水，都不免有美丽加哀愁的联想。至于"风笛"，刘学锴先生在《唐诗鉴赏辞典》中以为是指二友在"宴别"时听见的奏乐。我认为不是如此：诗中人既要"渡江"，而长途又南北远征，所以"离亭"的风笛该是驿站或码头催客上路，而不是客人宴别会上收起自备的器乐。"君向潇湘我向秦"只是故事的开头，而非其结尾。"篇终接混茫"，殆此之谓。

3

一般人印象中均觉"猿猴"虽为通称，但唐诗似乎只用"猿"，而绝不用"猴"：李白的"两岸猿声啼不住"，杜甫的"风急天高猿啸哀"，马戴的"猿啼洞庭树"等均是例子。樊增祥生平成诗逾三万篇，曾有诗云："若得水田三百亩，这番不作猢狲王。"① 宁用"猢狲"，也不说"猴"。

《秋兴八首》在写实的基础上经营唯美的意趣，乃杜甫晚年的一

---

① 别有一说是秦桧所作。

系列杰作。先看其第一首：

> 玉露凋伤枫树林
> 巫山巫峡气萧森
> 江间波浪兼天涌
> 塞上风云接地阴
> 丛菊两开他日泪
> 孤舟一系故园心
> 寒衣处处催刀尺
> 白帝城高急暮砧

中间到第三句还在写实，但巫峡既狭且峭，波流之势已不可能"兼天涌"，而塞上风云也想远了。丛菊已再度开花，孤舟也不必实指有船，只能指远游之乡思。末二句则指衣衫已难御寒，早该缝制。白帝城高，则浣衣妇暮砧远传，也动乡愁。由此可见，唐诗为了唯美，需要求之于时间（季节）与空间（地理），此情不但可见于杜甫，而于李白更是顺手拈来，不可思议。再看《秋兴八首》第七首：

> 昆明池水汉时功
> 武帝旌旗在眼中
> 织女机丝虚夜月
> 石鲸鳞甲动秋风

时间的乡愁

    波漂菰米沉云黑
    露冷莲房坠粉红
    关塞极天唯鸟道
    江湖满地一渔翁

  八句虚实相生，虚者上溯到汉武帝，实者化虚为实，鼓静成动，很生动。《秋兴八首》都写于夔州，而所思在北望秦中，所以第七句是指剑门之险。江湖满地指在野之身，此身独旅，有若渔翁。"关塞极天"与"江湖满地"对仗得好。中国诗中，诗人自称，以渔樵为雅。中国诗歌的地理背景安排得架子很广阔，即使用典对仗，也不甘平铺直叙。再举许浑的《秋日赴阙题潼关驿楼》为例：

    红叶晚萧萧
    长亭酒一瓢
    残云归太华
    疏雨过中条
    树色随关迥
    河声入海遥
    帝乡明日到
    犹自梦渔樵

此诗写许浑自丹阳远赴长安，在潼关过夜的经过。前两句没有动词。后六句则各有一动词："归、过、随、入、到、梦"。许浑的能耐，就是化静态为动感。例如"河声入海遥"一句，就综合了视觉、听觉、方向、距离，以简摄繁。又如"树色随关迥"一句，也有过程的连续感。再如末句"犹自梦渔樵"，也暗示了身在魏阙而心存江湖的在野之感。

瓯北论诗，诬杜牧咏史之作，故作翻案，殊少蕴借，以炫奇取胜。其实杜牧咏史，实为论史，诚开王安石之道，李白只能怀古，而非论史也。杜牧与李商隐相提并论，而稍欠其沉痛，唯"替人垂泪""一骑红尘""铜雀春深""卷土重来""青山隐隐"之胜，也非他人可比。又瓯北论诗，以为陆游胜于苏轼，甚至为陆详订年谱。陆游诚然是大诗人，唯我认为终稍逊东坡，诗产虽多，但名联亦常重见，钱锺书在《谈艺录》中曾指出此点。

瓯北推崇李杜，却豪言自夸："李杜诗篇万口传，至今已觉不新鲜。江山代有才人出，各领风骚数百年。"李杜诗篇万口竞传，自有其不朽之处。我心折口诵，仍未觉其过时，所以在仰颂杜甫的诗中，我有诗说：

在你无所不化的镕炉里，
我怎能炼一丸新丹？

赵翼的自夸之诗，如果改成"各领风骚数十年"，甚或"三五年"，就比较可靠了。

二〇一七年十二月

第二章　四度空间

唯诗人足以译诗？

1

译界久有"唯诗人足以译诗"之说，其实未必尽然。当代的译诗名家如梁实秋、施颖洲、杨宪益、王佐良、许渊冲、魏里、霍克斯（David Hawkes）、彭镜禧、金圣华等，均非诗人。尽管如此，却没有人认为"唯散文家足以译散文"，或者"唯小说家足以译小说"。可见诗在各种文体之中，该是最难翻译，所以似乎应由当行本色的诗人来应付。其实诗人大半不足以译诗，因为写诗可以选择自己熟悉的主题与诗体，而译诗却必须迁就原诗的主题与诗体，躲避不掉。写诗乃展己之长，译诗却是成人之美。目前的新诗人十之八九都自称是在写自由诗，于格律诗素欠锻炼，一旦要译西方的格律诗如十四行诗（sonnet）或四行体（quatrain），怎么就有功力应付？自由诗善放而不善收，怎么能应付收敛有度的古典诗？所以硬译之态，不是句长失控就是押韵勉强，甚至放弃押韵。

　　此外，译者在自己的母语之外，至少得通一种外文。如果他将外文诗译成母语，就必须充分了解外文，并充分掌握母语，而对于原文涉及的主题也应具适度的知识。所以我常说，译者是不写论文的学者，没有作品的作家。准此，则译者也是一种学者。但是一般的诗人未必是够格的学者，甚至未必是诗学家；而另一方面，往往也不是兼擅双语的通人。

2

　　当年我在南京读高中，语文课本里竟然有译诗，令我十分惊喜。原文是拜伦的《哀希腊》（*The Isles of Greece*），由拜伦后期的长篇杰作《唐璜》摘出。《哀希腊》一诗三译，诗体各殊：苏曼殊译成五古，马君武译成七古，胡适则译成骚体。我一收到课本，就发现这三篇译文，吟诵再三，非常感动，心想"有为者当如是也"，他日我也要译诗。

　　这三位译者都是诗人：苏曼殊与马君武本来就是古典诗人；胡适的气质并非诗人，虽然适逢新旧交替，乘潮而起，成了新诗的先驱，诗艺实在不精，幸而他的译文用了骚体，而非生涩浅白的语体，所以吟咏起来远胜于他刻意鼓吹的白话诗。

中西诗人译诗蔚为盛况，分析起来大致不外三途：将外语诗译成母语；将母语诗译成外语；将自己的诗译成外语。

第一类将外语诗译成自己的母语，应该最为常见：因为此一过程所要求的，是对外语的了解，加上对母语的掌握，其方向是"入境"，入母语之语境。相反地，第二类将母语诗译成外语，要具备的条件是对母语的了解，加上对外语的掌握，其方向是"出境"，也就是入外语之语境，毕竟不如第一类那么方便、顺手。因此"五四"以来中国诗人如胡适、郭沫若、徐志摩、梁宗岱、卞之琳、冯至、穆旦等大都是将外文诗译成中文，却罕见将中文诗译成外文。在英语世界，外诗（古诗）英译也常出诗人之手，有名的例子包括查尔迪（John Ciardi）所译但丁的《神曲》、沃纳（Rex Warner）所译欧里庇德斯的《美狄亚》、格雷戈里（Horace Gregory）所译的卡大勒思的抒情诗、坎贝尔（Roy Campbell）所译的卡尔德隆的《人生如梦》。但是将英文诗倒译成外文的却少见，倒译成古文的更不可能。古代的情况也如此，一部英国文学史，从怀亚特爵士（Sir Thomas Wyatt）与萨里伯爵（Henry Howard, the Earl of Surrey）到查普曼（George Chapman）、德莱顿（John Dryden）、薄柏（Alexander Pope）、柯珀（William Cowper）与罗塞蒂（D.G. Rossetti），众多诗人所译的莫非荷马、但丁、维荣的作品。

3

不过将外语诗，尤其是古外语诗译成母语，有一个含糊的地带，那地带不能算是正式的翻译，只能算是"改编"（adaptation）、"改写"（rewriting）、"整容"（transfiguration）或"脱胎换骨"（transformation），亦即莎士比亚所说的"海变"（sea change/into something rich and strange）。例如江森的名诗《赠西丽亚》（Ben Jonson: *To Celia*），就是取材自希腊辩士斐洛斯特拉图斯的《书翰集》（Philostratus: *Epistles*）五段文字，加以整编，改写成诗，传后迄今而享誉不衰。另一佳例是薄柏的名诗《隐居》（Alexander Pope: *Solitude*），乃自罗马诗人贺拉斯的《长短句：第二篇》（Horace: *Epode II*）摹拟而来；据说当时薄柏只有十二岁，真是神童。

现代诗的显例可举庞德的"名作"*The River-Merchant's Wife: A Letter*。这首诗其实是译自李白的乐府《长干行》，原诗与译诗如下：

长干行

妾发初覆额，折花门前剧。
郎骑竹马来，绕床弄青梅。
同居长干里，两小无嫌猜。
十四为君妇，羞颜未尝开。
低头向暗壁，千唤不一回。

时间的乡愁

十五始展眉，愿同尘与灰：
常存抱柱信，岂上望夫台？
十六君远行，瞿塘滟滪堆，
五月不可触，猿声天上哀。
门前迟行迹，一一生绿苔，
苔深不能扫，落叶秋风早。
八月蝴蝶黄，双飞西园草，
感此伤妾心，坐愁红颜老。
早晚下三巴，预将书报家。
相迎不道远，直至长风沙。

The River-Merchant's Wife: A Letter

While my hair was still cut straight across my forehead
I played about the front gate, pulling flowers.
You came by on bamboo stilts, playing horse,
You walked about my seat, playing with blue plums.
And we went on living in the village of Chokan:
Two small people, without dislike or suspicion.

At fourteen I married My Lord you.
I never laughed, being bashful.

唯诗人足以译诗？

Lowering my head, I looked at the wall.

Called to, a thousand times, I never looked back.

At fifteen I stopped scowling,

I desired my dust to be mingled with yours

Forever and forever and forever.

Why should I climb the lookout?

At sixteen you departed,

You went into far Ku-to-yen, by the river of swirling eddies,

And you have been gone five months.

The monkeys make sorrowful noise overhead.

You dragged your feet when you went out.

By the gate now, the moss is grown, the different mosses,

Too deep to clear them away!

The leaves fall early this autumn, in wind.

The paired butterflies are already yellow with August

Over the grass in the West garden;

They hurt me. I grow older.

If you are coming down through the narrows of the river Kiang,

Please let me know beforehand,

> And I will come out to meet you
>
> As far as Cho-fu-sa.

　　先论诗体，原诗是五古，换韵自由，共有四韵。英译没有押韵，不必苛求；句长相当参差，与原诗颇有出入，幸而句型大半是西方诗的煞尾句（end-stopped line），和汉诗相去不远。再论诗意，就颇有讹误。"竹马"误译为 bamboo stilts，不可思议。"抱柱信"的典故躲掉了，情有可原；就算勉强译出，又要加注，反而不美。"五月不可触"是指峡石当流，夏日水涨，成了暗礁，舟人难防，不是夫君远行，一连五个月失去联络之意。"一一生绿苔"误译成 the different mosses，更难明其意。"八月蝴蝶黄"译成 yellow with August，很美，但是古中国的八月已入白露、秋分，应该译成 September 了。至于"感此伤妾心，坐愁红颜老"之美，远非英文的 They hurt me. I grow older 之浅白无趣可比，但也不必奢求了。

　　倒是原诗的三个地名"长干里""瞿塘滟滪堆""长风沙"变成了有音而无意的 Chokan, Ku-to-yen, Cho-fu-sa，简直抽象得毫无诗意，尤其"长风沙"与"道远"的呼应更完全失去。其实庞德根本不通中文，连粗通都说不上。他这么收编中国文学，攘据《诗经》与李白，大半是依赖费内罗沙的遗孀提供乃夫的稿件。径以译诗自命，其实只是转译，当然隔靴搔痒，不但地名和化，连李白的大名竟也以 Rihaku 的面貌出现。庞德是现代主义的教父，更是海明威、乔伊斯、艾略特，尤其是艾略特的师兄。他兼通多种语文，有意融贯"古今英外"，最喜欢向古典与中世纪甚至东方的传统去串联转化,翻新主题与诗体,其结果简直像国际文学的公然走私,那些假翻译为创作的"作品"也颇像现代绘画的拼贴艺术(collage)。他的师弟艾略特更大言不惭地宣称庞德"发明了中国诗"。前辈叶芝也指出他的诗:"风格多于形式……像一个才气横溢的即兴作家,只瞄一眼某卷不知来历的希腊杰作,径自造译了起来。"

4

我一生写诗近一千首,译诗当在四百首以上;译诗之中大半是将英美诗译成中文,另有六十首是土耳其现代诗经英译转译而来。至于将中文诗译成英文,也接近二百首,其中超过一百首是英译我自己的创作。余下的便是我将中国的古典诗词与台湾地区其他诗人的创作译成英文。我可以毫不犹豫地宣称:我中译的英美诗,比起庞德英译的汉诗如《长干行》与《何草不黄》来,当然贴近原诗得多,因为我对自己母语的掌握不会逊于庞德之于英语,而我对英美诗的了解必然远高于庞德之于汉诗。我这么说,并无自夸之嫌,因为英语纳入我国语文课本,成为中学必修的第一外语,已近百年;中国人的英语程度当然远高于英美人的中文程度。实际的情况是:中国人学英语已经这么久,学好了没有还难说,但是自己的中文却相对疏远了,不但疏远了,而且在英文的压力下,变得越来越西化,有时甚至沦为恶性西化。时至今日,用中文来译英文,远比用英文

来译中文"顺手",因为濡染既久,中文"迁就"英文早成习惯,而英文根本还没有开始"迁就"中文。且以崔颢的《横塘》为例:

家临九江水,
来去九江侧。
同是长干人,
生小不相识。

其中的诗意,换了是经过英文"洗礼"(洗脑)的一般新诗人来写,可能如下:

我家啊就在长江的边上,
所以来来去去都不外岸边。
我们原来是南京的同乡,
却从小就没有机会见面。

所谓新诗究竟"新"在哪里呢?无非是文法打扮得西化些,多掺些啰唆的虚字冗词进去。因此今日,用已经西化成习的中文来译英文,当然比用尚未汉化的英文来译中文"顺手"得多。我中译英诗,对于原文的格律,认真亦步亦趋,紧追其段式、句式、韵式,读者仅凭译文就看得出原诗的体貌和节奏。且以德莱顿的《论弥尔顿绝句》(*Epigram on Milton*)为例:

Three poets, in three distant ages born,
Greece, Italy, and England did adorn.
The first in loftiness of thought surpassed,
The next in majesty, in both the last:
The force of nature could no farther go;
To make a third, she joined the former two.

三位诗人，远生在三个时代，
为希腊、意大利、英国添光彩。
第一人以思想之高超出众，
第二人以雄伟，第三人兼通：
造化之功更无力向前推移，
为生第三人惟将前二人合一。

德莱顿此诗用的体裁是英雄体的偶句（heroic couplet）。下列弗罗斯特的名诗《雪晚林边歇马》（*Stopping by Woods on a Snowy Evening*）的独特诗体，则是将英诗传统最常见的四行体与但丁《神曲》使用的三行连锁体（terza rima）巧加结合。即使在我的译文中，读者也看得出此诗的体态：

我想我认得这座森林。
林主的房子就在前村；

时间的乡愁

却见不到我在此歇马，
看他林中飘满的雪景。

我的小马一定很惊讶，
周围望不见什么人家，
竟在一年最暗的黄昏，
寒林和冰湖之间停下。

马儿摇响身上的串铃，
问我这地方该不该停。
此外只有微风拂雪片，
再也听不见其他声音。

森林又暗又深真可羡，
但是我已经有约在先，
还要赶多少路才安眠，
还要赶多少路才安眠。

Whose woods these are I think I know.

His house is in the village though;

He will not see me stopping here

To watch his woods fill up with snow.

My little horse must think it queer

To stop without a farmhouse near

Between the woods and frozen lake

The darkest evening of the year.

He gives his harness bells a shake

To ask if there is some mistake.

The only other sound's the sweep

Of easy wind and downy flake.

The woods are lovely, dark, and deep.

But I have promises to keep,

And miles to go before I sleep,

And miles to go before I sleep.

格律诗要译得工整,难能可贵,但是所谓自由诗要译得流畅却不落入散文化,也绝非易事。下面是我所译的艾略特中期作品《三智士朝圣行》(*Journey of the Magi*),限于篇幅,只引其首段:

"A cold coming we had of it,

Just the worst time of the year

For a journey, and such a long journey:

The ways deep and the weather sharp,

The very dead of winter."

And the camels galled, sore-footed, refractory,

Lying down in the melting snow.

There were times we regretted

The summer palaces on slopes, the terraces,

And the silken girls bringing sherbet.

Then the camel men cursing and grumbling

And running away, and wanting their liquor and women,

And the night-fires going out, and the lack of shelters.

And the cities hostile and the towns unfriendly

And the villages dirty and charging high prices:

A hard time we had of it.

At the end we preferred to travel all night,

Sleeping in snatches,

With the voices singing in our ears, saying

That this was all folly.

"好冷的,那次旅途,
捡到一年最坏的季节
出门,出那样的远门。
道路深陷,气候凌人,

真正的隆冬。"
驼群擦破了皮，害着脚痛，难以驾驭，
就那么躺在融雪之上。
好几次，我们懊丧地想起
半山的暑宫，成排的坡屋，
还有绸衣少女进冰过的甜食。
然后是驼奴们骂人，发牢骚，
弃队而逃，去找烈酒和女人，
营火熄灭，无处可投宿，
大城仇外，小城不可亲，
村落不干净，开价还很高：
苦头，我们真吃够。
终于我们还是挑夜里赶路，
赶一阵睡一阵，
而一些声音在耳边吟唱，说
这完全是愚蠢。

5

　　我将母语译成英文，有三种方式：第一种是译中国古典诗，第二是译当代台湾地区的新诗，第三则是译自己的诗。译占诗为英文，最难。古诗用语简洁，少用英文惯用的前置词、连接词、代名词，甚至主词与宾词，但在英译时常需补足，所以译文的句子常会冗长。例如"江村""江月""江风"一类复合名词，到了英文里面就无法保持简洁，不可径译为 river village、river moon、river breeze。例如"一樽还酹江月"在英译时就得补上主词与前置词，说成什么 Let me offer libation to the moonlit river。如果译成 I'll pour a cup of wine on the moon's reflection on the river，就更不像诗了。典故也是一大难题：如果要直译，不但难懂、冗赘，而且阻碍了上下文的畅流；如果意译，又会丧失历史或神话的呼应。至于地理的专有古称，例如"吴头楚尾""塞北江南""楼船夜雪瓜洲渡，铁马秋风大散关"之类，到了英文里都变得平面而抽象。更大的困境是韵律：五言或七言的奇偶相济不可能转为英诗行中的顿挫（caesura），平仄的呼应更无能为力。韵要押得稳当而又自然，亦大费周章。要安排可押之字在句尾出现，往往牵一发而动全身，非句法之高手不能为功。要是让人看出是勉强在"凑韵"，就不足道了。我英译的古诗不过三十首，有一些是因为写英文论文需要引证，只能自己动手来译。下面是苏轼的七绝名作《题西林壁》、顾复的词《诉衷情》与我的英译：

题西林壁

横看成岭侧成峰，
远近高低各不同。

不识庐山真面目，

只缘身在此山中。

Inscribed on the Wall of Xilin Temple

A ridge in full view, but, sideways, a peak:

With distance and angle the spectacles change.

The truth about Mount Lu is hard to tell

So long as you're within the mountain range.

诉衷情

永夜抛人何处去？

  绝来音，

  香阁掩，

  眉敛，

  月将沉，

争忍不相寻？

  怨孤衾，

  换我心，

  为你心，

  始知相忆深。

The Heart's Complaint

Whither have you gone all night long,

Message there is none?

My bower's shut,

My brows knit,

The moon about to set.

How could you refrain from coming?

O the lonely bed：

Just trade your heart with mine

To know how much I pine.

6

台湾现代诗人之中有好几位身兼学者，并通英文，而且英译过自己的诗，甚至编译过台湾的现代诗选：叶维廉和张错都是显例。齐邦媛主编的英译《台湾现代文学选》中，我也参加翻译，英译过约八十首诗。至于我英译自己的诗八十五首，也已出版了中英对照本《守夜人》(*The Night Watchman*)，由台北九歌出版社印行。

整部英国文学史中，似乎从未有诗人自译其诗为外文甚至出版专书的例子。西方诗人成名后，可以等外国的译者来译介其诗，不劳自己来动手。何况欧洲的作家与学者往往兼通一种甚至数种外文，尤其是欧洲的几大语系。时至今日，英文实际上已成世界语，因此英、美、加、澳、新西兰、南非，甚至印度的作家，只要写好母语，就不愁没有外国读者，直接来读原文，或间接来读译本。白居易和苏轼不必面对这问题，朝鲜、日本、越南的读书人都懂汉诗。他们只要把汉文写好，根本无须学习外文，更不劳自己来译诗。但是今日亚洲的诗人，包括以中文为母语的诗人，如要赢得英语世界的知音，就必须借助于翻译。译诗的高手显然少于其他文类，于是诗人而能译诗者，就只有自己来动手了。

有人说，有三件事情只能用母语来做：吵架、遗嘱、写诗。我可以用英文写论文，但是除游戏之作，从未打算用英文来抒情、写诗。不过翻译自己的诗是另一回事，因为感情已经表现完整，只要用另一种语文来呈现。误解，当然不会，但是要说得跟母语一样好，却不可能。只能尽力逼近原文，至于能逼多近，就要靠英文的功力了。

我读英诗，毕竟有六十多年了，而教英美诗，前后也有三十多年，英诗的意象、节奏、韵律、句法早已深入我的感性，成为我诗艺的一大来源。英诗的基本节奏，诸如抑扬五步格（iambic pentameter）与抑扬四步格（iambic tetrameter）等，久已为我的听觉所吸收，变成我呼吸的习惯了。因此我的诗分段时，自然吸收了英诗的段式（stanzaic structure），而一气呵成不分段时，英诗的无韵体（blank verse）自然就融入了中国的七言古诗，一方面一句横跨数行甚至十行以上，另一方面又随机押韵、转韵，其结果是大开大合，兼有两者的弹性与气势。我的诗得益于英诗既如此之多，反过来译成英文时非但不会格格不入，反而里应外合，顺理成章，与英译中文古诗之难以交融，大不相同。

　　雪莱曾经英译过希腊、罗马、西班牙与德国的诗，篇幅虽然不长，但是也不失为有益的锻炼。但丁的《神曲》，他虽然只译过五十多行，但也练习了三行换韵的连锁体，俾在他的名作《西风颂》中，将此体与十四行诗巧妙结合，开合吞吐，十分壮阔。我在熟读英诗，久教英诗之外，更汉译了两百多首英美诗，下的功夫超过雪莱很多。凡此种种的自我锻炼，等到我英译自己的创作时，真正像"养兵千日，用于一朝"所言，自然合成一气，为我所用。对于兼通双语的诗人来说，创作与翻译相辅相成，都有助于自己的诗艺。以下且引我英译自己的诗四首：两首是分段的格律诗，另外两首是不分段落的整体诗，一半上承中国的"古风"，一半旁采西方的"无韵体"，看看我是否真能融汇中西，提炼出合金来：

民歌

　　　传说北方有一首民歌
　　　只有黄河的肺活量能歌唱
　　　从青海到黄海
　　　风　也听见
　　　沙　也听见

如果黄河冻成了冰河

还有长江最最母性的鼻音

从高原到平原

鱼 也听见

龙 也听见

如果长江冻成了冰河

还有我，还有我的红海在呼啸

从早潮到晚潮

醒 也听见

梦 也听见

有一天我的血也结冰

还有你的血他的血在合唱

从 A 型到 O 型

哭 也听见

笑 也听见

A Folk Song

By legend a song was sung in the north

By the Yellow River, with her mighty lungs.

From Blue Sea to Yellow Sea,

It's heard in the wind,

And heard in the sand.

If the Yellow River froze into icy river,

There's the Long River's most motherly hum.

From the plateau to the plain,

It's heard by the dragons,

And heard by the fish.

If the Long River froze into icy river,

There's myself, my Red Sea howling in me.

From high tide to low tide,

It's heard full awake,

And heard full asleep.

If one day my blood, too, shall freeze hard,

There's the choir of your blood and his blood.

From type A to type O,

It's heard while crying

And heard while laughing.

冰姑,雪姨
——怀念水家的两位美人

冰姑你不要再哭了
再哭,海就要满了
北极熊就没有家了
许多港就要淹了
许多岛就要沉了
不要再哭了,冰姑

以前怪你太冷酷了
可远望,不可以亲昵
都说你是冰美人哪
患了自恋的洁癖

矜持得从不心软
不料你一哭就化了
雪姨你不要再逃了
再逃,就怕真失踪了
一年年音信都稀了
就见面也会认生了
变瘦了,又匆匆走了

时间的乡愁

不要再逃了,雪姨

以前该数你最美了
降落时那么从容
比雨阿姨轻盈多了
洁白的芭蕾舞鞋啊
纷纷旋转在虚空
像一首童歌,像梦

不要再哭了,冰姑
锁好你纯洁的冰库
关紧你透明的冰楼
守住两极的冰宫吧
把新鲜的世界保住
不要再哭了,冰姑

不要再躲了,雪姨
小雪之后是大雪
漫天而降吧,雪姨
历书等你来兑现
来吧,亲我仰起的脸
不要再躲了,雪姨

Aunt Ice, Aunt Snow

——in memory of two beauties in the Water family

Aunt Ice, please cry no more
Or the seas will spill all over,
And homeless will be the polar bear,
And harbors will be flooded,
And islands will go under.
Cry no more please, Aunt Ice.

We blamed you for being so cold,
Fit to behold, but not to hold.
We called you the Icy Beauty,
Mad with self-love on keeping clean,
Too proud ever to become soft.
Yet, when you cry so hard, you melt.

Aunt Snow, please hide no more
Or you will truly disappear.
Almost a stranger year after year,
When you do come, you're less familiar,
Thinner and gone again sooner.

时间的乡愁

Please hide no more, Aunt Snow.

You were beloved as the fairest:
With such grace you used to descend,
Even more lightly than Aunt Rain.
Such pure white ballerina shoes
Drift in a whirl out of heaven
Like a nursery song, a dream.

Cry no more please, Aunt Ice.
Lock up your rich treasury,
Shut tight your translucent tower,
And guard your palaces at the poles
To keep the world cool and fresh.
Cry no more please, Aunt Ice.

Hide no more please, Aunt Snow.
"Light Snow is followed by Heavy Snow."
Descend in avalanche, Aunt Snow!
Your show the Lunar Pageant waits.
Come and kiss my upturned face.
Hide no more please, Aunt Snow.

如果远方有战争

如果远方有战争,我应该掩耳
或是该坐起来,惭愧地倾听?
应该掩鼻,或应该深呼吸
难闻的焦味? 我的耳朵应该
听你喘息着爱情或是听榴弹
宣扬真理? 格言,勋章,补给
能不能喂饱无餍的死亡?
如果有战争煎一个民族,在远方
有战车狠狠地犁过春泥
有婴孩在号啕,向母亲的尸体
号啕一个盲哑的明天
如果一个尼姑在火葬自己
寡欲的脂肪炙响一个绝望
烧曲的四肢抱住涅槃
为了一种无效的手势。如果
我们在床上,他们在战场
在铁丝网上播种着和平
我应该惶恐,或是该庆幸
庆幸是做爱,不是肉搏
是你的裸体在怀里,不是敌人

时间的乡愁

如果远方有战争,而我们在远方
你是慈悲的天使,白羽无疵
你俯身在病床,看我在床上
缺手,缺脚,缺眼,缺乏性别
在一所血腥的战地医院
如果远方有战争啊这样的战争
吾爱,如果我们在远方

If There's a War Raging Afar

If there's a war raging afar, shall I stop my ear

Or shall I sit up and listen in shame?

Shall I nip my nose or breathe and breathe

The smothering smoke of troubled air? Shall I hear

You gasp lust and love or shall I hear the howitzers

Howl their sermons of truth? Mottoes, medals, widows,

Can these glut the greedy palate of Death?

If far away a war is frying a nation,

And fleets of tanks are ploughing plots in spring,

A child is crying at its mother's corpse

Of a dumb and blind and deaf tomorrow;

If a nun is squatting on her fiery bier

With famished flesh singeing despair

And black limbs ecstatic round Nirvana

As a hopeless gesture of hope.If

We are in bed, and they're in the field

Sowing peace in acres of barbed wire,

Shall I feel guilty or shall I feel glad,

Glad I'm making, not war, but love,

And in my arms writhes your nakedness, not the foe's?

If afar there rages a war, and there we are—

You a merciful angel, clad all in white

And bent over the bed, with me in bed

Without hand or foot or eye or without sex

In a field hospital that smells of blood.

If a war O such a war is raging afar,

My love, if right there we are.

翠玉白菜

前身是缅甸或云南的顽石
被怎样敏感的巧腕
用怎样深刻的雕刀
一刀刀，挑筋剔骨

时间的乡愁

从辉石玉矿的牢里
解救了出来，被瑾妃的纤指
爱抚得更加细腻，被观众
艳羡的眼神，灯下聚焦
一代又一代，愈宠愈亮
通体流畅，含蓄着内敛的光
亦翠亦白，你已不再
仅仅是一块玉，一颗菜
只因当日，那巧匠接你出来
却自己将精魂耿耿
投生在玉胚的深处
不让时光紧迫地追捕
凡艺术莫非是弄假成真
弄假成真，比真的更真
否则那栩栩的螽斯，为何
至今还执迷不醒，还抱着
犹翠的新鲜，不肯下来
或许，他就是玉匠转胎

The Emerald White Cabbage

Ore-born of Burmese or Yunnan descent,

By whose hand, sensitive and masterly,

Driving and drilling its way so surely,

Leaving clean all the tendons and bones,

Are you released from the jadeite jail?

Refined further by the fingers of Jin,

The royal concubine, and polished bright

By the spectators' adoring gaze

Focused under the light, year after year,

Until a liquid clarity is lit within,

Verdant and pearly; no longer are you

Merely a piece of jade or a cabbage

Since the day the sculptor set you free

And left, instead, his own devoted soul

Reincarnate in the womb of the jade,

Beyond the relentless pursuit of time.

Art is simply play become truth

Truth at play, even truer than real.

Or why is that vivid katydid,

Unmoved in its belief, still holding on

> To the fresh green without regret?
> Perhaps it's the sculptor in his rebirth...

  半世纪来台湾的现代诗已习惯于不用标点符号，读者势必自己去分段、断句，决定某一行诗究竟是起句还是续句，是承前还是启后，因此易生误会。我英译自己的诗，一定加上标点，以便厘清文意，方便读者，同时也表示自己的诗是经得起文法的考验的。其实一首诗如果通不过文法的究诘，恐怕命意本就不清。某些译者英译未加标点的现代诗，也不加上标点，我认为并不可取。

  前列四首之中，《民歌》与《冰姑，雪姨》是分段诗，格律较为工整，近于歌曲，因此句法明快而短捷，多煞尾句而少跨行。《如果远方有战争》与《翠玉白菜》则是不分段的整体诗，因此句法有长有短，长短相济，长者多见跨行，体势近于西方的无韵体，但仍有用韵，则又是继承中国的古风了。凡此种种，在英译之中也保留了下来。

  然而我自己的英译，究竟只能算翻译呢，还是算变相的创作呢？当然是翻译。其实创作也是一种翻译：将作者内心的美感经验翻译成语言。美感经验是情感、思绪、感官直觉等的混合，必须经过淀定、澄清、重整、提炼之后，始能落实成为文字。如果美感经验是"本文"，则诗正是其译文，不过"本文"究竟是什么状态，一开始并不清楚，更难窥全貌，必须在"翻译"时才逐渐成形，而终于真相大白。译者与作家的差别，在于译者一开始就面对一篇眉目清楚的原文。他无须去澄清、提炼，却必须把原文带入另一"语境"的世界，必须入境问俗，才能一路过关，顺利"到位"，成为快乐的"移民"。在这过程中，译者仍有相当的自由，可以选择最恰当的字眼，安排最有效的顺序，营造最自然的组合。同一原文，而译文妍媸互异，成败各殊，就全看译者的修养与功力了。如果译者是诗人，所译又是自己的诗，可谓"一心二用"，只要真正用心，当可"见异思迁"，将此心"移民"到另一身体里去。如此说来，诗人自译也未必没有重生甚至轮回的机会。如果庞德竟然可以假道日本租界径攘李白的诗为自己的创作，则我自译的诗难道不能宣称是自己的领土，自己的填海新生地、海外殖民地？

但是诗人自己也知道，有些作品，有些诗句，或因典故曲折，或因遣辞别致，或因音调特殊，总之，都像烙了母语的胎记，简直无法在海外展览，就只能留在本土，等待民族的知音了。也就是说，有些作品是不能译的。无论什么高手都译不出去的。且举数例如下：在《飞将军》一诗中，我写到李广射虎、中石、没簇的传说。

　　弦声叫，矫矫的长臂抱
　　咬，一匹怪石痛成了虎啸
　　箭羽轻轻在摇

在《山雨》中，我用立体主义（cubism）与点画派（pointillism）的技法描摹雨景。

时间的乡愁

> 雾愈聚愈浓就浓成了阵雨
> 人愈走愈深就走进米南宫里
> 路愈转愈暗就暗下来吧黄昏

在《绝色》中,我把月亮比成译者,能将金色的日光译成银色,又把雪也比成译者,能将污浊的世界译成纯洁,到了末段更引出美人在月光下雪地上如何婀娜走来:

> 若逢新雪初霁,满月当空
> 下面平铺着皓影
> 上面流转着亮银
> 而你带笑地向我步来
> 月色与雪色之间
> 你是第三种绝色
> 不知月色加反光的雪色
> 该如何将你的本色
> ——已经够出色的了
> 合译成更绝的艳色?

二〇〇九年二月

新儒林外史

　　钱锺书乃二十世纪中国之大学者兼名作家,不但于文、史、哲三者之经典有广博而深邃之研究,而且于中西诗学之融贯尤有贡献,抑且才华洋溢,更发为文学之名家,用流畅而幽默之白话写出小品文、短篇小说、长篇小说各一部,产量不多,但成就不俗。

　　钱氏学富才高,毕竟以学为先,行有余力兼事创作,乃厚积之薄发,是以笔下之小品文实为学者散文,而所作之小说,《人·兽·鬼》与《围城》,亦以散文家之笔法益以戏剧家之对话,来刻画人物,讽喻世情,活泼生动,堪比英国十八世纪之菲尔丁与十九世纪之王尔德。钱氏说故事之风格又似《唐璜》作者拜伦,夹叙夹议,锦心绣口,实乃引人入胜之说书人。至于文体,则钱氏各体皆擅:文言、白话、俚调、西语,莫不惟妙惟肖,实为无施而不宜之"戏拟家"(parodist)。是以钱氏于治学之余,游于创作,实集散文家、文体家、戏拟家、讽刺家于一身,为"五四"以来所仅见。可惜的是第二部小说《百合心》徒悬于意园神楼,无以问世。

二十世纪中国的文学家里,才学并高者,应推钱锺书第一。才气能与他相比的,倒有几位,学问能与他并胜的,就很难找了。他的渊博兼通古今中外:《管锥编》包罗了文、史、哲三门;《谈艺录》与《宋诗选注》于诗学探讨极深,前者尤其是中西逢源的比较文学,为传统诗话开拓了新疆。钱氏家学渊源,父亲是国学名家钱基博;加以西学不但深邃,更通数国语言,便于旁征博引。但是他对"新学",对"五四"以来的新文学并不佩服,尤其不屑新诗,所以用白话来创作时,写了一部长篇小说、一本短篇小说集和一本单薄的小品文集,却从不写新诗。这和民初的许多名家,包括胡适、周作人、冰心、朱自清、梁实秋等人,年轻时都写过新诗,很不相同。钱锺书年轻时和杨绛相恋,写给她的情诗竟是七言律诗,词句更从宋、明理学家的语录化出,足见他一早就深于旧诗而疏远了新诗。① 夏志清写《中国现代小说史》,一新耳目的就是为钱锺书与张爱玲各辟一章,与鲁迅、茅盾分庭抗礼。钱锺书不是左派鼓吹的"进步作家",正如张爱玲不是现代派标榜的"前卫作家"。钱氏

---

① 见吴忠匡《记钱锺书先生》,收入《写在人生边上 / 人·兽·鬼》(台北:书林出版公司,一九八九年),一百九十八至二百〇二页。

晚年名满天下,但早年的知音不是什么新文学家,而是旧诗的同好如"李丈拔可、徐丈森玉"①、郑朝宗、吴宗匡等人。钱氏其实是积极意义的保守主义者,深心继承的是始于杜甫,辗转经过韩愈、李商隐、黄庭坚、元好问而集大成于陈散原的沉郁顿挫,苦涩回甘。所以他历论古诗罕提李白,偶及苏轼,更无论元、白。所以在《围城》里,他迫不及待,假董斜川之口指出:

近代的旧诗当然是陈散原第一……唐以后的大诗人可以把地理名词来包括,叫"陵谷山原"。三陵:杜少陵、王广陵、梅宛陵;二谷:李昌谷、黄山谷;四山:李义山、王半山、陈后山、元遗山;可是只有一原,陈散原。②

方鸿渐怯懦地问道:"不能添一个'坡'吗?"董斜川答:"苏东坡,他差一点。"苏东坡不入董斜川的法眼,苏曼殊与黄公度就更别提了。"苏曼殊诗里的日本味儿,浓得就像日本女人头发上的油气。"至于对当代的新诗人,当然也不会有什么好话。董斜川说:"新诗跟旧诗不能比!我那年在庐山跟我们那位老世伯陈散原先生聊天,偶尔谈起白话诗,老头子居然看过一两首新诗。他说还算徐志摩的诗有点意思,可是只相当于明初杨基那些人的境界,太可怜

---

① 见钱锺书《序言》,《谈艺录》(香港:中华书局,一九八六年)。
② 见钱锺书《围城》(台北:大地出版社,二〇〇七年),一百〇八页。

了。"①

《围城》里有两个新诗人。苏文纨是留法归国的新科博士,研究论文写的是《中国十八家白话诗人》。她喜欢上浪荡不羁的方鸿渐,有意委身而不获青睐,后来竟嫁给也是诗人的曹元朗。追随西方现代派的前卫诗人曹元朗,食洋不化,滥用洋典故,竟然也是无字无来历,令方鸿渐恶心,当然也是钱锺书摆布的。

钱氏既邃于旧诗又不屑新诗,所以他只写旧诗,不但用心很深,而且相当多产。柯灵说他"究心学术之余,不废吟咏,清辞丽句,忧世感时,偶有披露,读者争传"。②其实他忧世感时之作,尤其是愈到晚年,并非清辞丽句,倒是江西派的沉潜苦涩。抗战时期和他在蓝田唱酬过两年的吴忠匡,也赞他的诗"律法精严,格高韵远,极耐人寻味",但也忍不住指出:"他的诗也难免由于过分的雕镂,句意都不无晦涩,要读懂它实在很费力气。"钱氏也曾向吴忠匡自白,不甘被人目为宋诗,并称"于少陵、东野、柳州、东坡、荆公、山谷、简斋、遗山、仲则诸集,用力较劬……或者病吾诗一'紧'字,是亦知言"。③钱氏旧诗写得虽多,似乎只在行家解人之间相互唱和,却无意公诸大众,何况诗意不论如何含蓄,总难掩盖忧世之情,不免引起政治敏感。一直要到他晚年,世人才能在《槐聚诗存》的专集中畅读这些作品。钱氏的旧诗,一方面寄托深婉,甚至无字

---

① 钱锺书,《围城》,一百〇八页。
② 柯灵,《闲话中书君》,收入《写在人生边上/人·兽·鬼》,一百八十六页。
③ 三段引文俱见吴忠匡《记钱锺书先生》。

无来历，但另一方面，尤其是比喻，却又戛戛独造，生动尖新，令人难忘。早年自贺三十五岁生日的妙句："书癖钻窗蜂未出，诗情绕树鹊难安"①，恐怕王安石、黄庭坚看到也不免刮目。晚年的一联："脱叶犹飞风不定，啼鸠忽噪雨将来"②，龚自珍见了大概也会点头。不过也有一些诗恐怕难觅解人，究其原因，不外使事过隐，出处太曲折，致气势不畅，因此我和一些朋友，如黄维梁、黄国彬，都觉得钱氏对旧诗三昧入之虽深，所写旧诗在他的创作之中未必最好。

钱锺书的身份，学者与作家的比重应该是八比二。他的评论洋溢着才情，妙喻不断，不甘株守学术著作的帮规。反之，他的创作字里行间都是学问，畅达的白话后面能感到文言的修养，腹笥的深厚。我们面对的是一位"学者作家"，但是读张爱玲的小说，不会有这种感觉。一九四七年《围城》出版于上海，很快就引发了不少评论，包括左派的攻讦。我的表姊孙蕴璞叫我一定要读这本奇书。一读之下我眼界大开，原来白话小说不必写得像巴金或茅盾；原来小说家还真能博古通今，学贯中西，嘲弄留学生与学府中人还真内行，太好看了，简直是"新儒林外史"。

当年《围城》在上海出版，一时轰动，钱氏乘兴又计划写一部小说，书名《百合心》，已成稿两万字；可惜一九四九年夏天他从上海迁去北京，忙乱之中竟失去初稿，扫兴之余，后来也就罢手了。

---

① 见杨绛《记钱锺书〈围城〉》，收入《围城》附录，三百七十七页。
② 吴忠匡，《记钱锺书先生》，收入《写在人生边上／人·兽·鬼》，一百八十九页。

所以他一生的白话创作也就只有一部长篇小说、一本短篇小说集、一小册小品文集：三种文类都是"独一无一二"（one of a kind），生不逢辰，注定了只能做鹤立鸡群的名家，而非海纳百川的大家。夏志清破天荒将钱锺书与张爱玲抬举成经典，但纯论小说，张可谓大家，钱仅为名家：张或可攀比简·奥斯汀，钱只好比艾米莉·勃朗特。不过张不能算大学者，而钱却是一代学术重镇，所以"钱学"似乎又重于"张学"了。

《写在人生边上》与《人·兽·鬼》当年由开明书店出版，前者刊于一九四一年，后者刊于一九四六年。《写在人生边上》是一本小册子，仅收小品文十篇，每篇平均两千字，仅《魔鬼夜访钱锺书先生》超过三千字，是一例外；但全书分量远不及梁实秋的《雅舍小品》。篇幅虽然如"麻雀五脏"，学识上引经据典，左右逢源，更涉及三种外文，"含金量"却不轻。不过作者妙想联翩，奇喻不断，举重若轻，融会贯通之余，总能把学问提炼为见识，加上文采，成为合金。这对五车之富的大学者来说，不过厚积薄发，牛刀小试。当时我初读，虽然才大二，却欣然领会，十分佩服，觉得远胜于冰心、巴金、朱自清、俞平伯等"五四"名家。一般文艺青年习惯于浅近的白话，浪漫的抒情，恐怕就会嫌深，嫌密，并且错过其中的讽刺，尤其是正话反说（paradox）的修辞语法。作者富于弹性的风格，尤其是融文于白、化西入中的句法，给我的启示颇大，说服我白话也可以写得精简，西化也可以驯为中用。在他的启示下，我的文体虽不能说"添了一甲子功力"，至少也早熟了十年。钱锺书既能把八大家的古文接通英国的小品文,我告诉自己,有为者亦当如是。①

钱氏的散文,读者每恨其少,其实不然,因为他这方面的才情、文采在小说的领域还大可驰骋。大凡小说家里,善于抒情、写景的就近于诗;擅写对话,多用对话的就近于戏剧;善于叙事、议论,亦即"夹叙夹议"的,虽为小说家看家本领,也就自然而然,近于散文。综合而言,现代小说更启发了,同时也学习了电影。

《围城》的小说技巧大约可分三种:第一是每章开头常有一段介绍,或交代人物,或设定场合,或纵谈人生,少则数百字,长则逾千言。每章的中段也常有补叙,以为呼应。第二是故事展开时,常有精彩的对话,一方面有助于刻画人物,一方面如闻其声,促进叙事的临场感,总之把读者变成了听众、观众。第三则是正面叙事,除外在的动作,还交代内在的心情,但在叙事与描写之中仍穿插议论。由此看来,《围城》的叙事近于"全知"的观点,作者不但知道方鸿渐内心的起伏变化,也随时可以出入苏文纨或唐晓芙的内心。对话的部分固然有戏剧的生动,具临场感,但是往往文采出众,口才太好,似乎刻意炫耀,不像随口说出:显然是大学者大才子钱锺书才情过剩,不甘丽质自弃,于是编排给人物去说的,却又说得如此语妙天下,而且针锋相对。王尔德喜剧里的台词正是如此。例如苏文纨的婚礼赵辛楣送了花篮,方鸿渐问送了什么花,赵辛楣说:

---

① 在《宋诗选注》的序言里,钱氏的白话文变得有点冗赘而且西化,与他一贯的流畅自然颇不一致。

"反正吩咐花店送就是了，管它是什么花。"方鸿渐竟大发议论说："应当是杏花，表示你爱她，她不爱你；还有水仙，表示她心肠太硬；外加艾草，表示你为了她终身痛苦。另外要配上石竹花来加重这含义的力量。"鸿渐与辛楣这一对难兄难弟，从情敌的对立变成失恋的相怜，那种喜剧的跌宕生姿，是钱氏笔下创造的绝配，也是中国现代小说的绝招。不过好友之间的闲聊竟然转弯抹角，要祭出如此的学问，动用这般的修辞，还是才子的逞能，不是小说家的本分。在这方面，张爱玲就显得比较"专业"。

因此我觉得，钱锺书是以散文家的笔法来写小说，以讽刺家的冷眼旁观世界，对待爱情。他的风格其实相当十八世纪，有斯威夫特与薄柏之风，称得上是一位奥古斯都（Augustan）。

《围城》最好看的部分是每章的起头跟其后穿插呼应的夹叙夹议。其议并非正规的说理，而是富于理趣甚至情趣的，因对话、动作、心情而起的诠释。短一点的一闪而逝，有如妙想联翩旋生旋灭的水泡，钱氏一向惯于挥霍。长的因字生字，因句引句，风行水上，自然成纹，乃是学富才高的自然产品，往往就成了可以独立观赏的小品文。例如下列这段：

> 方鸿渐到了欧洲，既不抄敦煌卷子，又不访《永乐大典》，也不找太平天国文献，更不学蒙古文、西藏文或梵文。四年中倒换了三个大学，伦敦、巴黎、柏林；随便听几门功课，兴趣颇广，心得全无，生活尤其懒散。第四年

春天,他看银行里只剩四百多镑,就计划夏天回国。方老先生也写信问他是否已得博士学位,何日东归。他回信大发议论,痛骂博士头衔的毫无实际。过几天,又收到丈人的信,说什么:"贤婿才高学富,名满五洲,本不须以博士为夸耀。然令尊大人乃前清孝廉公,贤婿似宜举洋进士,庶几克绍箕裘,后来居上,愚亦与有荣焉。"方鸿渐受到两面夹攻,才知道留学文凭的重要。这一张文凭,仿佛有亚当、夏娃下身那片树叶的功用,可以遮羞包丑。①

这么一段文字,本身就已是一篇小品,白话文写得干净漂亮,气韵流畅。那封老派长辈的尺牍,虽不高雅,却逼肖旧时书信的文言与封建意识,"洋进士"一词更酸腐可笑。足见钱氏笔下,兼具白话、文言、俗语、西语之胜,语言立体而且多元,从来不患词穷笔困。要写《围城》这种小说,作者还得是个文体家,能够各体兼擅,才会无往不利。钱氏正是这么一位"戏拟家"(parodist),从方遯翁到Jimmy张,从曹元朗、褚慎明到董斜川、汪处厚,从鲍小姐、范小姐到孙柔嘉,他在纸上的学舌拟态,莫不惟妙惟肖。

小说刻画人物,如果是自己,则近于自画像;如果是他人,则近于他像;如果是一群人,则近于群像。自画像较具内省的深度;群像则较具戏剧的临场感,一面要探索人际的关系,一面还得渲染

---

① 钱锺书,《围城》,十九页。

背景的气氛。古典画家受雇于教会、宫廷或富贵之家,画的不是独像便是群像,后者尤以宗教、传说或历史题材为然。荷兰两大画家,伦勃朗(Rembrandt)与梵高都留下许多自画像,形神俱妙,等于作家的自传。伦勃朗还留下不少群像,最闻名的当推《夜警》(Night Watch)与《布商公会的理事》(Syndics of the Cloth Drapers' Guild)。梵高贫穷而孤寂,没有机会受雇为群体画像,仅在早年自动画了一幅杰作,对象是昏灯矮屋里的《食薯人家》(The Potato Eaters)。

钱锺书的小说风格和这些画家大不相同,但是他的人物刻画,最精彩、最生动、最富喜剧感的场合,却可比画家的群像。安排群像最方便也是最热闹的场合,就是把浮华世界的男男女女——往往是痴男怨女——聚在同一宴席的四周。王尔德的喜剧也惯用如此的招数,不过西洋的茶会酒宴流动性较大,不像中式那样围住餐桌团团坐定。《围城》里最有趣的高潮场面,便是第三章情敌摆下的鸿门宴和第七章同事张罗的相亲宴。鸿门宴的主人是赵辛楣,典型的留美博士,苦追才女留法博士苏文纨不遂,误会游学无成的浪子方鸿渐是碍事的情敌,请来的两位陪客是空头哲学家褚慎明、旧诗才子董斜川,好当众考验方鸿渐自称修过的哲学与诗学。方鸿渐果然经不起考,强喝罚酒又无量,竟至呕吐。主人正自庆胜利,不料苏文纨却自动用私家车送狼狈的输家回家。席间的谈吐虽然只为戏谑,但厚积薄发,也只有钱锺书的才学始能驱遣,茅盾的《子夜》就不能为功。

相亲宴的主人汪处厚,是湖南三闾大学中文系的主任。他的太太在穷乡僻壤的校园闷得发慌,好心要为教育系讲师范小姐和外文系刘主任的妹妹刘小姐做媒,正好新来的赵辛楣和方鸿渐都是单身,便在家中设宴,来为计划中的两对撮合。辛楣与鸿渐好奇赴宴,才发现浪漫的红线所牵,原来是自作多情的范小姐和平凡自卑的刘小姐,只好抑下失望,勉强维持礼貌,却对美丽而率性的女主人十分惊艳。席间高校长不速闯来,因拟行道师制并禁止教授宿舍赌博,引起争执,为女主人所不满。席终两位单身教授碍于礼貌,不得不送两位女客回家。一路上范小姐借故要支开另一对,好单独与赵辛楣亲近;两绅士却联合阵线,见招拆招,务必不让范小姐得逞,真正令人绝倒。

前后两宴一共包括十二个人物,喜剧的效果,无论是叙事、描写、对话还是议论,都饱满无憾,达到讽刺小说的至境。相亲宴前面一连三整页对汪处厚的出场介绍,本身就是绝妙小品。

如此生动的宴会场面,在《人·兽·鬼》的《猫》一篇里还有一场,若要认真析论,恐得另写专文。《猫》长达五十多页,几乎要赶上《倾城之恋》,颇近中篇了。全篇的高潮占了一半的篇幅:文化界的名流在美丽的女主人诱召之下,高谈阔论,舌灿莲花,也是在杯箸之间。主人李建侯是民初的遗少,有闲有钱。女主人爱默是北京有名的美人,李府的邀宴总是北京名流向往的盛会。据说这一对影射的是梁思成与林徽因;女主人显然对得上,男主人可谬以千里。来宾八人,出场依次是马用中、袁友春、陆伯麟、郑须溪、赵玉山、曹世昌、傅聚卿、陈侠君。每人出场,作者都有一段介绍,短则半页,例如马用中,长则两页,例如赵玉山,都是行云流水,举重若

轻的妙文,议论酣畅时如老练的杂文,描摹传神时又像夸张的漫画:足证钱锺书真是层出不穷的散文家。例如写袁友春的这段:

> 斜靠在沙发上,翘着脚抽烟斗的是袁友春。他自小给外国传教士带了出洋。跟着这些迂腐的洋人,传染上洋气里最土气的教会和青年会气。承他情瞧得起祖国文化,回国以后,就向那方面花工夫。他认为中国旧文明的代表,就是小玩意、小聪明、帮闲凑趣的清客,所以他的宗旨仿佛义和拳的"扶清灭洋",高搁起洋教的大道理,而提倡陈眉公、王百谷等的清客作风。

说的显然就是林语堂。这么昭彰的漫画瞒得了谁呢?偏偏在《人·兽·鬼》的自序里,作者又郑重声明:"书里的人物情事都是凭空臆造的……假如谁要顶让自己是这本集子里的人、兽或鬼,这等于说我幻想虚构的书中角色,竟会走出了书,别具血肉、心灵和生命,变成了他。"这岂不是"此地无银"吗?再举一例:"陆伯麟,就是那个留一小撮日本胡子的老头儿……除掉向日葵以外,天下怕没有像陆伯麟那样亲日的人或东西。"这是作者的旁白。不久作者又借陈侠君之口说:"平时的日本通,到战事发生,好些把名称倒过来,变成'通日本',——伯老,得罪得罪!"无可置疑,指的就是周作人了。

"举动斯文的曹世昌,讲话细声细气,柔软悦耳,隔壁听来，颇足使人误会醉心……假使他说的是老实话，那末他什么事都干过。他在本乡落草做过土匪，后来又吃粮当兵，到上海做流氓小弟兄，也曾登台唱戏，在大饭店里充侍者，还有其他富于浪漫性的流氓经验……他现在名满文坛，可是还忘不掉小时候没好好进过学校，老觉得那些'正途出身'的人瞧不起自己，随时随地提防人家损伤自己的尊严……因为地位关系，他不得不和李家的有名客人往来，而他真喜欢结识的是青年学生，他的'小朋友们'。"

这一段该是沈从文了。

至于赵玉山，铁证如山，一看便知是赵元任。早在《写在人生边上》的《释文盲》一文中，钱氏就已指陈："有一位语言学家说：'文学批评全是些废话，只有一个个字的形义音韵，才有确实性'……假如苍蝇认得字，他对文学一定和那位语言学家看法相同。眼睛生得小，视界想来不会远，看诗文只见一个个字，看人物只见一个个汗毛孔。"在《猫》这篇小说里，作者是这么介绍赵玉山的："西装而头发剃光的是什么学术机关的主任赵玉山。这机关里雇用许多大学毕业生在编辑精博的研究报告。最有名的一种，《印刷术发明以来中国书刊中误字统计》，就是赵玉山定的题目。据说这题目一辈子做不完，最足以培养学术探讨的耐久精神。他常宣称：'发现一个误字的价值不亚于哥伦布的发现新大陆。'哥伦布是否也认为发现新大陆并不亚于发现一个误字，听者无法问到本人，只好点头和赵玉山同意。"这一番话，加上作者又提到赵玉山如何惧内，并花了近千字形容，更证实了此人必为赵元任。

其他四人想必也各有所本，若能探出本尊，当然也很有趣。小说人物固然未必量身打造，拘于写实，不过赵元任（生于一八九二年）、周作人（生于一八九五年）、林语堂（生于一八九五年）、沈从文（生于一九〇二年）四人大致同辈，又皆名人，自然可以同席，而林徽因生于一九〇三年，也是理想的沙龙女主人。其他四人中，郑须溪"立志要做个'全人'，抱有知识上的帝国主义，把人生各方面的学问都霸占着算自己领土"。作者又说他"又瘦又小"，颇像罗家伦，但此人又是留德的天文学家，却不符合。

小说家钱锺书也是讽刺家，眼中的人性多为负面，而处理种种负面的手法，有时是幽默，但更常见的是讥嘲。读《围城》不像看它改编成的电视连续剧：小说家钱锺书往往不甘隐身幕后，忍不住会从旁指指点点，像是说书人。说书人太有个性，太有趣了，就算他借题发挥，暂时把故事搁在一边，我们也乐得姑妄听之，因为太好听了。这也令人想起拜伦的"充史诗"《唐璜》（*Don Juan*），把一个浪荡公子的故事拿来说书，说着说着，就夹叙夹议，发挥起说书人自己的人生观、爱情观来了。唐璜心地善良，意志薄弱，最易为女性所乘，也与方鸿渐略同。唐璜浪荡江湖，随遇而安，正如方鸿渐游戏人生，浪荡于域外，于学府、情场与家庭之间，男人欺之，女人诱之。六十年前，我还是大二学生，读《围城》而乐之，不久又在储安平主编的《观察》周刊上读到林海的书评《〈围城〉与〈汤姆·琼斯传〉》。① 林海把钱氏的杰作拿来比十八世纪英国小说家菲尔丁的代表作 *The History of Tom Jones, a Foundling*，并称两者均属于"恶汉体小说"（Picaresque novel）。Picaro 乃西班牙文，意为"恶汉"没错。但唐璜、汤姆、鸿渐都非恶汉，只能算是浪子。此一文类当改称"浪子小说"。钱锺书惯用的说书人口吻，一方面是继承中国旧小说"看官有所不知"的插嘴，一方面也是采用英国传统小说家在故事进行的间歇所作的旁白。【菲尔丁尤其爱在每章前面站出来评说一番，这种风格也出现在《唐璜》里，也难怪拜伦要赞举菲尔丁为"用散文刻画人情之荷马"（the prose Homer of Human nature）。】

不过菲尔丁对人性仍具信心，对罪人仍较宽厚：他不能容忍的是"作恶"，而非"犯罪"。《围城》中的儒林人物，芸芸众生，林广在他的书评里一言以蔽之，"非愚即诬"。清新可人的唐晓芙恐怕是唯一的例外。董斜川虽然也略受戏谑，毕竟形象上还是驻外武官，遗少才子，毕竟钱锺书鄙视的只是新诗人，而非与他酬唱的"吾党言诗有癖者也"。② 至于鸿渐与辛楣这一对难兄难弟，为善无志，作恶无胆，尤其是鸿渐，虽然非愚非诬，却懦弱而苟且，是一灰色人物，也难怪《围城》以喜剧始而以悲剧终。

不过说是悲剧，却是言重了：悲剧的主角该是英雄，至少是挣扎求生的志士或君子。钱锺书是讽刺家，首当其冲的是爱情，然后

---

① 事隔六十年，已忘该期的《观察》确切的出版日期。大概是在一九四八年年底。甚盼知者见示。
② 见钱锺书《序》，《谈艺录》。

是其苦果——婚姻。《围城》人物的爱情似乎都可笑，而其婚姻似乎都可悲。苏文纨与曹元朗、汪处厚与汪太太、李建侯与爱默、才叔与曼倩，更不用说方鸿渐与孙柔嘉，都不是佳偶。婚姻如围城的巧喻，其实应该分开来看。"城外的人拼命要冲进去"，还是爱情的喜剧；"城里的人拼命要逃出来"，才是婚姻的悲剧。有时候，所谓悲剧也无非闹剧而已。也就难怪，《围城》这本绝妙奇书，我看过不下十遍，总觉前面的七章，嬉笑怒骂，皆成文章，但是从第八章起，后面的四分之一，懦夫怨妇，家常勃谿，就琐碎不好看，潦倒不忍读了。同样地，《猫》到了喧宾散尽，只留下美丽而寂寞的女主人，也成了反高潮。大学者大才子钱锺书，正如王尔德，只合飞扬跋扈去指点喜剧，家庭的阴郁哀沉不如交给张爱玲去收拾。

颇有一些读者觉得，钱氏嘲讽人性，下笔嫌太刻薄。我有时也有此感。醋少可养生，醋多则伤胃。任何时代都应该有一位讽刺家，给我们一面照妖镜，让我们吓一跳，清醒一下。不过区别在于：钱锺书像王尔德，什么都可以讽刺，不像某些意识挂帅的作家，只单向讽刺某一地区、某一职业、某一阶级。

译 无 全 功

希腊神话里有九个姊妹，号称"九缪斯"，来辅佐诗神阿波罗，共掌文艺的创作。不过她们的专职不很平衡，例如历史与天文都各有所司的缪斯，而艺术却无人管，至于翻译，就更无份了。翻译好像不是创作，但对于文化的贡献至为重大：如果没有佛经和《圣经》，宗教能够普及吗？如果西方文学不经翻译，能够促进中国的新文学吗？所以我曾戏言：如果缪斯能扩充名额，则第十位缪斯应该认领翻译。

一位够格的翻译家，尤以所译是文学为然，应该能符合这几个条件：第一，他应该通两种语文，其一他要能深入了解，另一他要能灵活运用。如果不能充分了解"施语"（source language），就会曲解；另一方面，如果无力驱遣"受语"（target language），就会隔靴搔痒，词不达意。此外，他还得具备两个条件：专业知识与常识。作品既然表现人生百态，题材自然不一而足，译者防不胜防，怎能样样都懂？只能尽人事吧，例如多查资料，多请教行家，多参考前例，等等。倒是常识十分重要：此情此景，能有此事吗？放在上下文里，说得通吗？说不通，就有问题了，必须另谋出路。

再回到前文提到应通两种语文之事，关键全在这"通"字，如果只停留在语文的表面，仍不算真通，译者还要透过语文去了解它背景的文化，也就是形而上的上下文，才算到位。例如西方的 dragon 虽可中译为龙，但和中国文化的龙大有差异；jade 虽然指玉，但其他的含意却为负面，而 jaded 更是负面的形容词。另一要求，便是文学作品的译者还得应付各种文体：包括诗、散文、戏剧、评论，等等。译诗得像诗，译戏剧台词得像口语，否则就没"到位"，所以称职的译家理应是一位文体家。例如格言，如果是一般文章所引，其"语境"当突出于较白的上下文，才能成就"立体感"，也才能成就"权威"。译小说，甚至译论文，其中若引了诗句，怎么能躲过不译或译得不像诗呢？我译斯通名著《梵高传》(*Lust for Life*)，其《圣瑞米》一章之第二回，贝隆大夫对梵高说了一段话，曾引英国诗人德莱顿（John Dryden）之句："There is pleasure, sure, in being mad, which none but madmen know." 我译成"狂中自有狂中乐，除却狂人谁得知？"要这样译，才像诗，而且平仄对仗，像是七绝或七律。文言出现于白话的上下文里，始成立体。又如法国文豪伏尔泰的名言"The best is the enemy of the good"，有人译成"最佳容不得尚佳"，又有人译成"上佳是次佳的敌人"，都似乎还不到位。我收到研究生的习题，乃改成"至善者，善之敌也"。这才是"精益求精"的本意，但用文言说来，才像格言。再举莎翁商籁一一六号为例：

Let me not to the marriage of true minds
Admit impediments.

如果直译为"让我不对真心的结合／承认有障碍"或是"让我不对真情的姻缘／接受其挫折"，都不像诗。关键全在原文的句法和中文格格不入，恐须另起炉灶才行。也许可以大动手术，译成：

两心相许竟横加阻挡，
岂甘罢休。

或者稍加变通，改成：

两心相许而良缘受梗，
我决不罢休。

相对于"诗无达诂"，我们甚至于可说"译无全功"。文学的翻译，尤其是难有达诂的诗文翻译，要求竟其全功，实在是可遇而不可求。两种语文，先天背负着各自的文化传统，要求其充分通译，一步到位，实在是奢求，所以好的翻译不过是某种程度的"逼近"

(approximation),不是"等于"。理想的原文与译文,该是孪生,其次是同胞,再次是堂兄表妹之属,更差的就是同乡甚至陌生人了。翻译正如婚姻或政治,是一种妥协的艺术:双方都得退让一步。所谓直译,就是让译文委屈一点;而意译,就是比较委屈原文。此于成语格言之类为尤然。成语翻译,最容易攀亲认故,有点语贯中西的得意。例如 Great minds think alike 就易联想到"英雄所见略同",而 The leopard does not change his spots 也易于搭上"江山易改,本性难移"。但是有人把 If the sky falls we shall have larks 译成"塞翁失马,焉知非福",就似乎扯得太远了。其实好的译文不但方便了读者,同时也可以扩大读者的视域,让他直接欣赏到异域的情趣。所以前引的 If the sky falls we shall have larks,也大可"直译"成"天塌下来,也有云雀可吃"。云雀一飞冲天,正如雪莱所言,所以天如塌下,正可饕餮云雀,也非全然坏事:说来多么乐观潇洒!因此适度的直译能够引进海外的成语,扩大本土的语境。

一个人长期从事翻译,如果能把经验归纳为心得,就等于修了一门比较语言学。我一生译过十五本书,免不了也累积了一些心得。在此一一道来,或许对后之译者不无助益。抽象名词在西文中十分普遍,中文却颇难对应。词典里多的是 internationalization 一类的名词,中文译来是"国际化",倒很省事。中文的方块字在文法上往往没有明确的身份。例如一个"喜"字,可以是名词(喜怒哀乐),可以是形容词(喜气洋洋),可以是动词(人皆喜之),还可以充副词(王大喜曰),全由上下文来断定。英文成语 Familiarity breeds contempt，有人译成"亲昵生狎侮"，似乎文了些；其实此语近于"近之则不逊"，也不妨简化为"久狎失敬"或"近狎则鄙"，无论如何，在中文里其抽象性就不明确。王尔德的四部喜剧我全译过，他的台词就常见抽象名词，例如《不可儿戏》(*The Importance of Being Earnest*)里少女 Gwendolen 如此形容她的监护人：Earnest has a strong upright nature. He is the very soul of truth and honour. Disloyalty would be impossible to him as deception. 抽象名词之多真难消化。末句如果译成"不忠对于他将如欺骗一样不可能"，不但听众听来茫然，演员说来更是可笑。我的译文是"他绝对不会见异思迁，也不会作假骗人"。中文的四字词千万不可小看。在诗文里它也许不宜多用，但在一般人的口头和演员的台词里，比起二字词来，却响亮而稳当。所以用中文的短句来化解英文的抽象名词，该颇有效。同一剧中 Lady Bracknell 有台词如后：Sit down immediately. Hesitation of any kind is a sign of mental decay in the young, of physical weakness in the old. 第二句首的 hesitation 一词，如果只译成"犹豫"或者"迟疑"，都太简短而且突兀。我的译文是"犹豫不决，无论是什么姿态，都显示青年人的智力衰退，老年人的体力虚弱"。化解之道，仍然是以四字短句来取代二字名词。

另一问题是专有名词及其专有的形容词。这些字眼往往都比较深，难以雅俗共赏，用在戏剧台词里时，尤其不易一听就懂。王尔德的《不可儿戏》用典不多，我在译文里一律加以通俗化了。例如希腊神话的 Gorgon，我干脆译成"母夜叉"；It is rather Quixotic of

81

you,我译成"你真是天真烂漫"。最可笑的一句是电铃忽响,少年亚吉能惊呼:"啊!这一定是欧姨妈了。只有亲戚或者债主上门,才会把电铃揿得这么惊天动地。"后面的一句原文是 Only relatives, or creditors, ever ring in that Wagnerian manner. 真是好笑,因为当时瓦格纳去世不久,又是与王尔德争雄的萧伯纳大力鼓吹的歌剧大师,其音乐鼓号震耳,以气魄见长。可惜这典故解人固然一听就笑,但一般听众,尤其是中国的听众,未必都懂。

代名词及其所有格,乃西文文法之常态,出现率极高,远高于中文文法。英文的复合长句,在主词尚未出现时,其代名词竟然会出现在其前的附属子句,例如 Before he moved to Glasgow with his parents, Edwin Muir had been an islander, a native of the Orkneys. 中文文法绝对不可如此,中国古典诗的灵巧自如,一大原因正在少用代名词。例如王维的七绝《九月九日忆山东兄弟》:"独在异乡为异客,每逢佳节倍思亲。遥知兄弟登高处,遍插茱萸少一人。"用英文文法来说,势必加上一大堆代名词:"我独自在异乡做客,我每逢佳节就会倍加思念我的亲人。我遥知我的兄弟登高处,他们遍插茱萸,唯独少了我一人。"又如李白《宣州谢朓楼饯别校书叔云》的名句:"抽刀断水水更流,举杯消愁愁更愁。"如果用英文文法来说,就会变成"我抽刀断水,它更流;我举杯消愁,它更愁"。西文惯用代名词及其所有格,可举雪莱长诗《白峰》(*Mont Blanc*)为极端之例。该诗长一百四十四行,其首段及次段四十八行所用 thou、thee、thine、it、its、his、they、their、I、my、that、which、whose,等等,竟多达三十四处。这些可怕的"路障"简直要令译者大叹"行路难"。再举德莱顿的《亚历山大庆功宴》(John Dryden：*Alexander's Feast*)来说明：

> The master saw the madness rise,
> His glowing cheeks, his ardent eyes;
> And while he heaven and earth defied,
> Changed his hand, and checked his pride.

诗中场合是亚历山大既败波斯，大张庆宴，乐官狄马谐师奏乐助兴，大帝听了意气风发。Master 指乐官；二、三两行的 his 和 he，均指大帝；末行的两个 his 却各有所指，前一个指乐官手法一变，高调转低，后一个指大帝豪气顿饮。四行诗用了五个代名词，末行紧接的两个 his 却分指不同的人。如此混淆，怎能照译呢？只好一概不理，译成"手法一变，令君王顿敛豪情"。

中文常有实字、虚字之说。所谓实字，多为具体可见，指的是名词、动词、状词，其他的词类则大半承上启下，依附于实字之间，称为虚字。实字乃文句之主体，功在结构之平衡。虚字乃其附体，功在伸缩自如。散文用字往往虚实交错；诗贵精练，多用实字。杜甫的"造化钟神秀，阴阳割昏晓"，平衡而铿锵，全用实字。陈子昂的"念天地之悠悠，独怆然而涕下"，加入了散文的成分，也就是动用了虚字，失去平衡，却添了弹性。用这种观点来看英文，则介词和连接词都像是虚字,很难翻译,更不可直译。例如 He is on duty,只能译成"他正值班",却看不出有介词。又如 She is with child,只能译成"她有孕"或"她是孕妇",也不像有介词。至于连接词,中文也远比英文少用,例如"父子""夫妻""左右""前后"都不用连接。不但名词之间如此,即使动词之间亦然,例如"云破月来花弄影""地崩山摧壮士死""断弦离柱箭脱手,飞电过隙珠翻荷",都排得很紧,根本插不下什么连接词。

英文里面最难对付的虚字,该是 where、when 一类的"关系副词",其功端在穿针引线,出没于主句与子句之间。Where 尤其难于安顿,因为它后面引进的子句多半尾大不掉。其实这种虚字根本拿不到中文的"身份证",根本不必理它。薄柏的警句:Fools rush in where angels fear to tread. 用白话根本不行,但用文言却迎刃而解。"天使不敢践踏的地方,愚人却一冲而进。"白话太冗长了,文言却正好:"天使方踟躇,愚夫相竞入。"英文成语 where there's a will, there's a way,当年我读初中,面对这一个 where、两个 there,再也参不透何以要这么虚来虚去。其实这只是一个空架子,便于把实字搭上去而已,非但不必翻,而且无法翻。

另一相关的问题,是英文文法的修饰语(modifier)可以放在被修饰名词之前,也可以放在其后。为了便于分析,不妨称之为"前饰"或"后饰"。例如 a handsome boy of seventeen;boy 的前饰是 a 与 handsome,而后饰是 of seventeen:前饰往往是形容词,后饰往往是一个介词片语(prepositional phrase)或者修饰子句(modifying clause)。

例如 a fellow student of mine who excelled in basketball；a 与 fellow 均为前饰，of mine 则是后饰介词片语，而 who excelled in basketball 则是后饰子句。如果我们把 boy 的片语译成"十七岁的美少年"，那就只有前饰了。如果把 student 那一段译成"我的一个篮球健将的同学"，结果也只有前饰。万一后饰很长，尾大不掉，不宜转成前饰，则笨拙的译者往往会硬转成前饰，而变通的译者就会保留其后饰的地位：例如"我有个同学，很会打篮球"。

　　译诗的时候就常会面临这问题。诗句以精练取胜，柯立芝曾说诗乃"最佳的字眼，排成最佳的次序"（the best words in their best order），所以较长的后饰语最好保持后饰。济慈的十四行诗 *To one who has been long in city pent*，中间有这么一段：

> Who is more happy, when, with heart's content,
> Fatigued he sinks into some pleasant lair
> Of wavy grass, and reads a debonair
> And gentle tale of love and languishment?

> 谁比他快乐呢，他多逍遥，
> 倦了，便躺在起伏的草间，
> 窝得好乐，而且读一篇
> 优雅的故事，讲为情苦恼。

a debonair and gentle tale of love and languishment 一段，有前饰也有后饰，我的译文顺水推舟，保留了原句的次序。也许有人拘于英文，会说 debonair 和 gentle 是两个词，我的译文何以只有一个？其实中文的"优雅"本来就是两个同义词组成的复合词，诗句贵精，寸土寸金，当然能省则省。至于后饰的 of love and languishment，用"讲"即点出主题，足以当 of 之用；"为情苦恼"也已概括了 love and languishment，等于用一个短句化解了一个介词片语。这四行在穆旦的译文里如下：

> 他可以满意地，懒懒躺在
> 一片青草的波浪里，读着
> 温雅而忧郁的爱情小说，
> 有什么能比这个更愉快？

穆译有不少毛病，不能详述，但其中 a debonair and gentle tale of love and languishment 一段，他把前饰与后饰全堆在 tale 的前面了，因此打乱了原文的流畅节奏。再举济慈的十四行诗 *Happy is England*（《快哉英伦》）首段为例：

> Happy is England! I could be content
> To see no other verdure than its own;
> To feel no other breezes than are blown

> Through its tall woods with high romances blent.

四行之中有两处 no other than 加两个代名词所有格 its，指的都是英国，非常难译。末行指英国的大森林曾流传有多少好汉出没，不外是罗宾汉吧。我如果直译成"它的茂林跟壮烈的传奇难分"，未免太拘泥字面，而且难懂。我的译文如下：

> 快哉英伦，我本已心满意足，
> 不想出国观赏异国的青翠，
> 也不望异国的清风来吹
> 祖国高耸的森林，英雄所出。

with high romances blent 乃 tall woods 之后饰，我把它留后才发，不但维持了原文的节奏，而且也起了余音不绝之效吧。这一关，译诗者应早参透。

下面我要分析译家的另一个"路障"。西语的句法好用插入句（parenthesis），尤其是诗句，为了押韵和节奏，常要割裂句法，其结果是在主句的骨架中插入附属的子句或片语，交枝错藤之余，句法的来龙去脉往往难以追认，乃生误读。因此主客之势该如何掌握，便成了学者及译者之基本功夫。例如济慈名诗《希腊古瓮颂》的末五行：

> When old age shall this generation waste,
> Thou shalt remain, in midst of other woe
> Than ours, a friend to man, to whom thou say'st
> "Beauty is truth, truth beauty,—that is all
> Ye know on earth, and all ye need to know."

我们应该看出，主句是 Thou shalt remain a friend to man，其前饰子句是 when old age shall waste this generation，而其前饰介词片语是 in midst of other woe than ours。所以我的译文是：

> 当老迈将我们这一代耗损，
> 你仍会久传，去面对来世
> 新的烦恼，与人为友，且说
> "美者真，真者美"——此即尔等
> 在人世所共知，所应共知。

将我的译文和穆旦所译相比，就可见穆旦未能看出主句的脉络被 in midst of other woe than ours 的插入片语从中截断，致上下文难以衔接：

> 等暮年使这一世代都凋落，
> 只有你如旧，在另外的一些

> 忧伤中，你会抚慰后人说：
> "美即是真，真即是美"，这就包括
> 你们所知道，和该知道的一切。

在此，a friend to man 不见了：friend 变成了"抚慰"，man 变成了"后人"。末行的 all 竟变成"包括"，on earth 也失踪了。

另一佳例是雪莱的十四行诗 *Ozymandias*。其前八行如下：

> I met a traveller from an antique land
> Who said：'Two vast and trunkless legs of stone
> Stand in the desert. Near them, on the sand,
> Half sunk, a shattered visage lies, whose frown,
> And wrinkled lip, and sneer of cold command,
> Tell that its sculptor well those passions read
> Which yet survive, stamped on these lifeless things,
> The hand that mocked them and the heart that fed.

第七行的及物动词 survive 和第八行的两个宾词 the hand（of the sculptor）及 the heart（of the King Ozymandias）之间，被形容词片语 stamped on these lifeless things 所隔，不少粗心的译者都会被绊一跤。从 near 到 fed，此一长句横跨了五行半，主句之中包含了三个附属子句，层层相套有如俄罗斯的木偶。但是这连环套在中文的句法里不可能保留，只好拆散了译。下面是我的译文：

> 我遇见来自古国的旅人，
> 说躯体不存的两柱石足
> 矗立在大漠。在近旁，半沉
> 在沙里，更有具破脸，怒眉紧蹙，
> 唇角下撇，君临天下而冷笑。
> 足见雕师通透那桀骜心情，
> 刻入这顽石，仍栩栩如生，
> 而雕者的手，像主的心早朽掉。

可见我的译文必须参透原文文法的连环套，才能化整为零，变成两句话。我如此大动手术，是为了读者能够看懂。the hand that mocked them 是指当年雕师得把像主的表情临摹下来，them 指前文的 frown、lip、sneer。the heart that fed 则指君王的表情原是君王的心情所浮现。雪莱用心实在很深。

最后谈到译文的最高层次：风格。决定风格的该是作家驱遣语言的特色，到了这个层次，就不仅是对错的问题，而是整篇作品给读者的总印象了。这综合印象又和该作品的文类（genre）有关。且让我用自己的译品来说明。

一般译者以为外国文学的中译是新文学发展的副产，理应用白话文来运作。其实外国文学的经典往往是百年前甚至千年前的语言，为了在语感或语境上相应,我们也不妨酌用一些文言的语汇或句法。因此,博学的钱锺书反而能够接受林琴南的翻译。其实佛经的翻译不正是"译梵为唐"吗?我绝对无意提倡用文言来译西方文学,只是认为如有需要,文言也不妨出手来济白话之不足。我自己创作诗文时,多年来就强调"白以为常,文以应变"的原则。例如叶芝的短诗《华衣》(*A Coat*),句法精简,韵律妥帖,我就忍不住要用古朴的文言来对应:

> I made my song a coat
>
> Covered with embroideries
>
> Out of old mythologies
>
> From heel to throat;
>
> But the fools caught it,
>
> Wore it in the world's eyes
>
> As though they'd wrought it.
>
> Song, let them take it!
>
> For there is more enterprise
>
> In walking naked.

> 为吾歌织华衣,
>
> 织锦复绣花,
>
> 绣古之神话,

自领至裾；
但为愚者攘去，
且衣之以炫人，
若自身所手纫。
歌乎，且任之，
盖至高之壮志
唯赤体而行。

好用典故而且善于变奏古体的美国诗人庞德，写过一首精美的小品，歌咏遁世逃名的情怀，叫作《罪过》(*An Immorality*)；如果纯用白话来译，就失色了：

Sing we for love and idleness,
Naught else is worth the having.

Though I have been in many a land,
There is naught else in living.

And I would rather have my sweet,
Though rose-leaves die of grieving,

Than do high deeds in Hungary

To pass all men's believing.

罪过

且歌吟爱情与懒散，
此外皆何足保持。

纵漫游多少异邦，
人生亦别无乐事。

宁厮守自身之情人，
纵蔷瓣忧伤而死，

也不立大功于匈牙利，
令世人惊异不置。

但是另一方面，像美国诗人杰弗斯的《野猪之歌》(*The Stars Go over the Lonely Ocean*) 的末段，就不能不用口语，甚至"粗口"，来传其神了：

'Keep clear of the dupes that talk democracy
And the dogs that bark revolution,

Drunk with talk, liars and believers.
I believe in my tusks.
Long live freedom and damn the ideologies',
Said the gamey black-maned wild boar
Tusking the turf on Mal Paso Mountain.

"管他什么高谈民主的笨蛋,
什么狂吠革命的恶狗,
谈昏了头啦,骗子和信徒。
我只信自己的獠牙。
自由万岁,他娘的意识形态",
黑鬃的野猪真有种,他这么说,
一面用獠牙挑毛巴索山的草皮。

同样地,康明斯以诗为画、以文字之伸缩重组为立体派画风的创新,使现代诗耳目一新,而读者变成了观众,译文当然也应亦步亦趋,让妙运"神智体"的苏轼看了,也会抚掌而笑吧。下面是康明斯的 *Chanson Innocent* (《天真之歌》):

in Just—

spring when the world is mud—

luscious the little

译无全功

lame balloonman

whistles   far   and wee

and eddieandbill come

running from marbles and

piracies and it's

spring

when the world is puddle-wonderful

the queer

old balloonman whistles

far and wee

and bettyandisbel come dancing

from hop-scotch and jump-rope and

it's

spring

and

    the

时间的乡愁

    goat-footed
balloonMan whistles
far
and
wee

在恰恰——
春天 当世界正泥泞——
芬芳,那小小的
跛脚的卖气球的

吹口哨 远 而 渺

艾迪和比尔跑来
扔下打弹子和
海盗戏,这是
春天

当世界正富于奇幻的水塘

那古怪的
卖气球的老人吹口哨

远　而　渺
蓓蒂和伊莎白跳舞而来
扔下跳房子和跳绳子

这是
春天
那个
　　　山羊脚的
卖气球的　吹口哨
远
而
渺

二〇一二年四月

中西田园诗之比较

1

中西田园诗之比较,是一个广阔而繁复的大题目,不容易说得清楚。同时田园诗与田园画互通之处不少,可以相互印证,与音乐亦可呼应:前者可举王维诗画兼擅为例,后者则有伯牙、子期高山流水美谈。下文所论,不仅及于文艺之互通,也比较中西之异同,进一步或许还能窥略两大文化之向背。

论者常以陶潜为中国田园诗之宗师,也承认谢灵运不但是山水诗之大家,更是山水游记之始祖。陶诗淡而耐读,质而实腴,在田园生活之外更探讨生死之大限,感慨朝代之更迭,有哲学之深度,但《桃花源诗》反而不如代序的《桃花源记》那么天然有趣。他在四十一岁时勉强做了不满三个月的彭泽令,便弃官归里,永不复出,可以说是十足的隐士。谢灵运却大不相同,一生富贵,生活豪奢,袭封康乐公,食邑三千户。他"奴僮既众,义故门生亦数百",每次出游,"寻山陟岭,必造幽峻……伐木开径,直至临海,从者数百人……在会稽亦多徒众,惊动县邑",太招摇了,终于弃市。

英国十八世纪文豪约翰逊博士为田园诗下的定义是:"诗中之叙事与抒情都表现乡居生活有何影响。"其实在古人的农村社会,一般的诗作莫不以广义的田园为背景,像《子虚赋》《上林赋》《阿房宫赋》之类的美文,已成赋体,不是诗了。田园可通山水、江湖,再放大更变成原野甚至天地。《诗经》中《何草不黄》之句:"匪兕匪虎,率彼旷野。哀我征夫,朝夕不暇。"这是征人的原野。《蒹葭》之句:"蒹葭苍苍,白露为霜。所谓伊人,在水一方。溯洄从之,道阻且长。溯游从之,宛在水中央。"则是恋人的江湖了。《离骚》的天地就兼容神与人,所以屈原可以摆脱世俗,作神话之游:"路漫漫其修远兮,吾将上下而求索。饮余马于咸池兮,总余辔乎扶桑。折若木以拂日兮,聊逍遥以相羊。前望舒使先驱兮,后飞廉使奔属。"《招魂》是屈原去国怀乡,一片忠忱无可寄托,乃赋此篇,强调四方之险不可测,并为自己招魂。苏轼强调海南,不也如此自慰吗:"余生欲老海南村,帝遣巫阳招我魂。"《九歌》还有《山鬼》一篇,凄迷之中,巫言巫者与山鬼之间幽明相隔的怨恋:"若有人兮山之阿,被薜荔兮带女罗,既含睇兮又宜笑,子慕予兮善窈窕。乘赤豹兮从文狸,辛夷车兮结桂旗,被石兰兮带杜衡,折芳馨兮遗所思。"《芥子园画传》把山鬼画成持矛乘虎之须男,但徐悲鸿却把她画成白皙少女身披花草跨骑黑豹。这山鬼的传说倒很像英国诗人柯立芝《忽必烈汗》一诗中所书的 demon lover。

屈原之后五百多年有竹林七贤，以阮籍、嵇康为主。他们都算得上广义的田园诗人，至少是自甘在野的高士，作品也有浪漫慕仙的一面，但真正的所谓"游仙诗"之作，还要等半世纪后的刘琨、郭璞，以及稍晚的葛洪。郭璞的诗题已经标榜"游仙"，下引其《游仙诗》：

> 青溪千余仞，中有一道士。云生栋梁间，风出窗户里。借问此何谁，云是鬼谷子。翘迹企颍阳，临河思洗耳。阊阖西南来，潜波涣鳞起。灵妃顾我笑，粲然启玉齿。蹇修时不存，要之将谁使。

唐诗到了李白，又接上了屈原和郭璞等的游仙诗脉络。李白当然善于夸张，夸张的捷径往往通于典故，感性的典故又往往来自神话。这一切运作，学者固然会诠释为作者对朝政的婉喻。游仙诗的作者多不满现实，想追求无限的自由：时间的自由就是超越大限，求得长生；对空间的自由就是上天下地，无远弗届。李白的诗幻想自己能在无限的时空中自由来去，所以气魄高远，令人读了也自我幻觉跳出一切束缚。不但贺知章一见到他就呼他谪仙，连他自己也相信如此。他的长诗一首题目也长，叫作《经乱离后天恩流夜郎忆旧游书怀赠江夏韦太守良宰》，就以下列四句起篇：

天上白玉京，十二楼五城。仙人抚我顶，结发受长生。

诗到中段又对韦太守说：

仆卧香炉顶，餐霞漱瑶泉。门开九江转，枕下五湖连。

《登太白峰》也有仙气：

西上太白峰，夕阳穷登攀。太白与我语，为我开天关。愿乘冷风去，直出浮云间。举手可近月，前行若无山。

《短歌行》更豪言造化之变、见证之奇：

白日何短短，百年苦易满。苍穹浩茫茫，万劫太极长。麻姑垂两鬓，一半已成霜。天公见玉女，大笑亿千场。吾欲揽六龙，回车挂扶桑。北斗酌美酒，劝龙各一觞。富贵非所愿，为人驻颜光。

《梦游天姥吟留别》是典型的游仙诗，可以直逼《离骚》：

时间的乡愁

> 霓为衣兮风为马，云之君兮纷纷而来下。虎鼓瑟兮鸾回车，仙之人兮列如麻。

中唐李贺的《梦天》同样见证造化之变，既剧又骤，时间被空间化了：

> 老兔寒蟾泣天色，云楼半开壁斜白。玉轮轧露湿团光，鸾佩相逢桂香陌。黄尘清水三山下，更变千年如走马。遥望齐州九点烟，一泓海水杯中泻。

此种游仙诗兴，到了宋朝却少延续。宋诗好用典说理，殊失唐诗自然余韵，但议论则纵横咏史，抒情则落实生活，也自有一片天地。例如李白咏史往往只在怀古，王安石咏史才真见议论。王安石写田园之生动，恐怕美国的意象派诗人也自叹不如。他的七绝《书湖阴先生壁》之一后两句，意象之明丽何逊莫奈与塞尚："一水护田将绿绕，两山排闼送青来。"另一首七绝《南浦》后两句也在工整中见天然："含风鸭绿粼粼起，弄日鹅黄袅袅垂。"苏轼更不消说，《饮湖上初晴后雨》其二，以水光山色妙写晴雨，然而巧用西子之典故，以淡妆浓抹呼应潋滟与空蒙，由实入虚，最富创意。

到了南宋，还有陆游之诗不甘偏安，矢志光复，所以梁启超誉为"亘古男儿一放翁"。不过悲愤之余，仍有田园生活之逸兴，《游山西村》七律，前半咏村居之乐，最常见引："莫笑农家腊酒浑，丰年留客足鸡豚。山重水复疑无路,柳暗花明又一村。"至于《秋怀》七绝一首,写城乡气候之异,知者却少:"园丁傍架摘黄瓜,村女沿篱采碧花。城市尚余三伏热,秋光先到野人家。"范成大与杨万里并称田园诗大家。范的《缲丝行》为织绢妇鸣不平,写实讽刺有力,与游仙诗相去很远。杨万里写诗非常多产,他的比喻、隐喻、拟人手法,造成一个"万物皆亲,众生若友"的世界。妙句例如"水吞堤柳膝,麦到野童肩""风亦恐吾愁寺远,殷勤隔雨送钟声""好山万皱无人见,都被斜阳拈出来""老夫渴急月更急,酒落杯中月先入",都活泼生动,能够增加田园诗的生活情趣。儒家有"仁者乐山,智者乐水"之说,到了宋诗之中,造化也会倒过来,山水亦竟能领人情反过身来乐人。君不见苏轼《六月二十七日望湖楼醉书五绝》有此谐句:"水枕能令山俯仰,风船解与月徘徊。"辛弃疾《贺新郎》更云:"我见青山多妩媚,料青山见我应如是。"如再上溯童心不泯的李白,当见其奇句:"举杯向天笑,天回日西照。"基督教的诗人常向上帝祷告,却罕见上帝会回应,但是李白确信向天敬酒,天会用落日返照来互动。

2

谈到西方的田园诗,我们不由得会想到英国浪漫诗人华兹华斯;至于美国诗人,我们立刻也会想到弗罗斯特与罗宾逊(E. A.

Robinson)。其实西方之有田园诗,可上溯公元前三世纪初的忒奥克里托斯(Theocritus),甚至公元前八世纪的赫西俄德(Hesiod)。到了公元前一世纪的罗马大诗人弗吉尔(Vergil),才将前二人的田园诗进一步发展成他的代表作《牧歌唱和》(*Bucolics*)与《诗哲道耕》(*Georgics*)。这两个词在当代的英文词典里已变成典故,泛指牧歌与农务了。不过其原典却非唯美的田园居或农家乐,而与当时的政治颇有牵涉。例如《牧歌唱和》之首章叙述的虽是牧羊人离开祖田出走,影射的却是弗吉尔的家园遭安东尼没收。又如该书第五章,虽有两个牧羊人对唱,但气氛之悲沉却是在哀悼牧童达蒙之早逝,其实达蒙影射的是被谋杀的恺撒。末章献给弗吉尔早年的靠山,以安慰被情妇出卖的葛勒斯。《诗哲道耕》是一部励志诗,旨在教导农耕,但其微妙处却常似哲人之言。例如首章除劝耕之外,尚述及恺撒被弑后之乱局,唯屋大维能救罗马,使免于内战。

罗马的田园诗影响了其后西欧各国的文学。从现代文学的观点看来,工业革命以前的抒情诗大半以田园为背景,也都可以纳入广义的田园诗。文艺复兴的基本精神在人本主义,宗教的信仰渐渐转向人生的探索,但是对于大自然的敬爱仍赋艺术家以灵感。十七世纪的莎士比亚、本·琼森、弥尔顿对田园与农村社会都有生动的描写。本·琼森的《潘舍斯特》(*Pensburst*)写贵族的村居之乐;弥尔顿早年的《喜悦者》(*L'Allegro*)与《沉思者》(*Il Penseroso*)使用的诗体正是"牧歌"(idyll)。马罗的牧歌《多情牧人赠所欢》(*The Passionate Shepherd to His Love*),其所欢对象正是希腊神话的仙子

（nymph），所言种种，无非若能相爱当可享尽田园之乐。当时另一诗人雷利（Walter Raleigh），也是一位苦命的朝臣，就用仙子的口吻和了一首诗《仙子答牧人》(*The Nymph's Reply to the Shepherd*)，戳破浪漫求爱之空言，并谓春去冬来，鸟寂石冷，青春苦短，爱情不长，盟誓旦旦，无非虚妄。两首诗一问一答，一热一冷，在文学史上十分有名。

本·琼森的高足赫里克（Robert Herrick）乃乡村牧师兼诗人，在英国所谓的"西部"（实为西南端）写的田园诗，正是罗马多种文化遗留下来的风俗。十八世纪的诗人格雷（Thomas Gray）作品不多，但其代表作《乡村教堂墓地哀歌》慨叹墓中人生前寒微而身后寂寞，颇多佳句以名言传后，享誉至今。浪漫派热烈的抒情常以大自然为背景甚至前台，对田园诗自多贡献。其中华兹华斯常认为灵魂失去天堂后幸而尚有大自然可充保姆，当然是歌颂田园的宗师。苏格兰的彭斯（Robert Burns）根本就是农民诗人。

二十世纪的第二个十年有一个以田园生活为主题的诗派，包括布伦登（Edmund Blunden）、布鲁克（Rupert Brooke）、梅斯菲尔德（John Masefield）、托马斯（Edward Thomas）等人。当时的劳伦斯（D. H. Lawrence）与格雷夫斯（Robert Graves）也在其列。在他们之后崛起的现代诗人如艾略特与奥登等左翼诗人，就转向都市生活的主题了。巧合的是，乔治（五世）朝诗人（Georgian Poets）似乎遥接了罗马诗人弗吉尔的田园诗《诗哲道耕》。

二十世纪中叶去世的两位诗人，苏格兰的缪尔（Edwin Muir）与威尔士的迪伦·托马斯（Dylan Thomas），从背景到主题都是田园。缪尔在苏格兰北方海外的奥克尼群岛长大，后来随家人迁去大都市格拉斯哥，很不快乐。托马斯出生在威尔士的斯旺西（Swansea），其诗之生动意象与有力节奏颇得力于威尔士之语言与风俗。两人都成长于英国的边缘地带。

田园诗发轫于希腊，盛行于罗马，还有一种次诗体，叫作"田园挽歌"（pastoral elegy），专门用来追悼去世不久的好友，尤其是诗友。此体的结构常始于向缪斯求赐灵感，继而悼念亡魂并责怪众神何以未及时救护；中段追述往日情谊而以牧人来影射亡友；后段调门一变，从肉身必朽转为灵魂不灭，于是有各种象征的鲜花芳草会献予亡者而供上灵柩。田园挽歌篇幅往往较长，好用象征，富于典故。约翰逊就不满弥尔顿写此体用典故太多，并云苟有盛情，岂遑张罗典故。英国的田园挽歌中，公认为杰作者当包括弥尔顿的《利西达斯》（*Lycidas*）、雪莱的《阿多尼斯》（*Adonais*）、安诺德的《色希斯》（*Thyrsis*）。利西达斯乃牧人之名，首见于弗吉尔之《牧歌唱和》。阿多尼斯也是由希腊美少年 Adonis 之名由三音节延长成四音节而来。至于 Thyrsis 之名，也是向希腊田园诗始祖萧克利多斯借来。中国悼亡友之诗并无此种诗体可用。杜甫《梦李白》二首情真意切，却自然抒发，不像弥尔顿之于剑桥校友爱德华·金，或是雪莱之于济慈，私交并不很深。

现代文学之中最好的一首希腊挽歌，应推美国诗人惠特曼的《当去年紫丁香在院子里盛开》（*When Lilacs Last in the Dooryard*

Bloom'd）。当年林肯遇刺身亡，惠特曼写了这首挽歌来哀悼这位民族英雄。诗中再三轮流出现三位一体的吊丧象征：紫丁香花丛、沼泽深处悲鸣的画眉、带来夜色的黄昏星。林肯死后，灵柩一路西去伊利诺易，沿途人民络绎致敬，悼歌由哀林肯而扩大成国殇，狂吟式的抒情升高为天地同悲的史诗格局：沿途排列的万民代替了传统希腊挽歌的吊者神与人，场面大到包罗内战全部的伤亡战士及遗族。二百零六行的悼诗一诵三叹，十分感人，诚为美国诗压卷杰作。

3

田园诗中西之比较，必须横跨两大语言，其中虚实如就中西绘画来求旁证，当较真切。西方绘画之雇主从教会到宫廷到富贵之家，要求画家画的是人像。文艺复兴的精神不但在重认古典，也在正视人间的人本主义。《蒙娜丽莎》的画面是充溢其中的半身，她背后的山水隐隐可窥，可是观众不会注意。直到三百年后莫奈的《草地野餐》，虽有田园背景，仍以人事为主。西方称田园诗为 pastoral poetry，风景画为 landscape，中国却称为山水诗、山水画。中国的山水画多以山为主，以水为辅，不是河溪依山，就是瀑布出山。西方的风景画多半难忘那一条地平线，若是海景（seascape），总有一条水平线。所以中国的山水画常是纵的，西方的则常是横的。中国山水画之创始人，几乎公认是六世纪的展子虔。他仅有一幅作品传后，叫作《游春图》，画面得仔细寻找，才可见约有十人，只辨身形，不见面目。这些人影散落在山色湖光之间，益显造化之大，人事之微。其后五代十世纪的荆、关、董、巨山水大家，山益磅礴，行旅人马益形卑微；范宽那幅《溪山行旅图》更令观者惊叹。

基督教先受罗马帝国压迫，但到公元五世纪却倒过来教化了罗马。以基督教为正宗的文化里，希腊罗马神话的传统成了异教的次文化。例如弥尔顿年轻时是异教神话的信徒，代表作乃有《喜悦者》与《沉思者》，但在清教徒革命后就皈依了基督教之新教，投入《失乐园》的史诗巨著了。因此中世纪的西画以基督教为题材，文艺复兴的西画则兼顾宗教与神话。例如十五世纪的波提切利，一方面以擅绘《圣母与圣婴》与教堂的祭坛主画大受欢迎，另一方面又以《春》与《维纳斯之诞生》等神话主题之作传后。所以宗教画与神话画虽以风景为背景，毕竟以故事的人像为主，还不算是 landscape；一直要到十六世纪的两位法国大师普桑（Poussin）与洛兰（Le Lorraine or Claude Lorraine）出现，加上十七世纪的荷兰风景画家，纯粹的风景画才成了正宗。（洛兰本名 Claude Gellée；Lorraine 原是法国地区名，其地曾割予普鲁士，Le Lorraine 即"洛兰人"之意，正如 El Greco 即"希腊人"之意。El Greco 原名 Domenicos Theotocopoulos，西班牙人觉得太长难念，干脆叫他"那个希腊人"。）

中国观众一向忽视了的一位西方大画家，弗兰德斯的老布吕赫尔（Pieter Bruegel the Elder）。他擅画农村的民情风俗，当然要画人像画，不过他不画富贵人家，只以村民为主，所以多为群像，其中不乏杰作。悲惨的场面包括《希律王屠婴图》(*The Massacre of the Innocents*)与《髑髅地观刑行列》(*The Procession to Catvary*)。前者采用《圣经》故事，画面却转移到十六世纪西班牙治下的荷兰，杀气凌人，令人想到纳粹的黑衫党。后者描写耶稣临难背着沉重的十字架一路踉跄地爬向行刑地加瓦利，看热闹的人一路嬉笑跟着。烈士殉道而世人冷漠以对：这种先知先觉与不知不觉的对照，也正是老布吕赫尔另一杰作《伊卡瑞斯坠海图》(*The Fall of Icarus*)的主题。

以上三幅画在西方画史或画论中都称为风景画 (landscape)，并不因为其中人物演出的是人间大事而弃用此名。老布吕赫尔传世之作不多，但其中还包括一组四季月份图，可惜现存也只有五幅了。《雪地猎人图》(*The Hunters in the Snow*) 以黑白二色呈现乡村冬景，复以层次多变的灰色调剂其间；前景黑白分明的猎人、猎犬，雪坡对照坡下越过广大平原而遥接一簇峻峰，透视的纵深感非常动人。《小麦丰收》(*The Corn Harvest*) 则是一幅夏景，以艳黄色调为主，正是仲夏中午，农忙暂歇，一群村民围坐在一株高树下进膳，有人举瓮喝水，有人已经仰卧入睡。早年我在美国买了一张黑胶唱片，是贝多芬的《第六号交响曲》，俗称《田园交响曲》，封套就以此画为印证。艺评家哈根夫妇 (Rose-Marie and Rainer Hagen) 就说："主宰四季绘画的不是人事，而是造化，因为造化之功远大于人事。人之为功，端赖造化，人间乐事，非造化莫托，但人对造化却毫无作用。"

中国的山水画若以六世纪的展子虔《游春图》为滥觞，则西方的风景画开始出现,却晚了几近一千年,约在十五世纪末与十六世纪初。在普桑、洛兰两大家之后,历经荷兰的鲁本斯与伦勃朗,到了浪漫主义更添宗教一般的崇敬。英国的特纳(Turner)与康斯太布尔(Constable),前者欲参造化之神秘与自然之狂暴,后者则在敬畏造化之余更向往田园之纯真与和谐。法国到十九世纪先后有印象派的莫奈、毕沙罗与巴比松派的米勒、卢梭,更有独自发展的柯罗(Camille Corot)。后印象派的梵高与塞尚再向前推进,高更更返璞归真,向南太平洋的原始田园求得安心。

4

中国山水画有南北二宗,其说始于明末画家兼画论家董其昌。他的《书旨》说:"禅家有南北二宗,唐时始分。画之有南北二宗,亦唐时分也,但其人非南北耳。北宗则李思训父子着色山水,流传而为宋之赵干、赵伯驹、伯骕,以至马、夏辈。南宗则王摩诘始用渲淡,一变勾斫之法,其传为张璪、荆、关、郭忠恕、董、巨、米家父子,以至元之四大家,亦如六祖之后有马驹;云门、临济儿孙之盛,而北宗微矣。"

董其昌此说久为后世所袭。傅抱石在《中国的绘画》一书中也说:"山水、水墨、写意……渐渐成为绘画的主流,其实,此仅始于十世纪之北宋。"此处仍从董说,从王维说起,所以我在论唐诗时暂不论及王维，以便与水墨画并论。王维初学李思训与吴道子，后弃吴道子剑拔弩张的笔锋，改营水墨渲染的墨意。晚年参禅奉佛，隐于蓝田别墅，自云："中岁颇好道"，又云："晚年惟好静"；又师陶潜句意云："君问穷通理，渔歌入浦深。"如此意境，很自然地会趋向水墨化境。只可惜他传世画作只有《辋川图》《山阴图》《江山雪霁图》等寥寥数幅，今人但见临本而已。苏轼有《王维吴道子画》，收篇的结论是：

> 吴生虽妙绝，犹以画工论。摩诘得之于象外，有如仙翮谢笼樊。吾观二子皆神俊，又于维也敛衽无间言。

苏轼这样的文豪当然肯定王维的"画中有诗"，而南宗一派终于发展成所谓"文人画"，也是欧阳修、苏轼、黄庭坚等北宋文人鼓吹的趋势。其后一路发展下去，文人画越加不求形似，务求入神。以吴道子之妙，尚不免遭苏轼贬为"画工"，更不论"匠气""俗气""江湖气"之讥。元四大家之一的倪瓒就说："仆之所谓画者，不过逸笔草草，不求形似，聊以自娱耳，聊以写胸中逸气耳。"这位倪迂是个洁癖，高士之中尤高者，才会画什么《洗桐图》，又画什么《六君子》。文人画到了他，到了《富春山居图》的黄公望，已成中国画坛主流。到了明朝，又出现沈周、唐寅、文徵明，力矫院画与浙派的江湖匠气。再到清朝，更有清初四僧，身负亡国之恨，落笔不甚求工，于逸气之外，自然含有不平之气。其后文人画依然占据主流，有吴历之奇、郑燮之狷,不一而足,而民国以来,画到张大千、黄宾虹、傅抱石,甚至江兆申,都有人惜之为"文人画最后一笔"。

值得我们注意的一个对照,是西方的画坛主题一路从宗教、宫廷、神话、历史的正统走出来,直到十九世纪中叶的印象主义,才公然面对一般大众的日常生活。中国画的主题却从人物渐渐转向山水,在文人的美学观点看来,文人画的目的不在于摹山范水,而在借山水的风貌来传人格与品位的意境,其分量实际上已超过田园诗或山水诗。不管工业时代科技如何主宰了我们的生活,一般观众都依然神往于文人画中的宁静与出世,而这是电视、电影所无法完全取代的。无论如何,水墨的文人画,不管其山势石貌怎么神奇,仍然是"雅"的一块基础。西方的画一直到十九世纪的"前拉斐尔主义"都附庸于文学,所以印象主义必须摆脱文学才能自立。中国画自宋朝以来就自甘于文学的引导,恰恰相反。中国画一面通于书法,一面更通于诗。一幅典型的中国水墨山水,因题诗而相得益彰,若书法不够格就难藏拙,最后还少不了用印,那便是微型雕刻了。所以一幅山水画,其实是四合一体的艺术品,后面如果添纸加跋,更增画论或艺术史的价值了。西方的油画固然厚实亮丽,却不便加添什么,像梵高的画面只能勉强签上 Vincent。而科科施卡的画面也只能简化,签上 OK 罢了。

中国的田园诗或山水画,其主角不外是隐士或高士,独自一人或相对下棋、品茗、清谈,或远观瀑布,或静聆松涛。其旁或有书童烹茶,或有仙鹤伫伴。山径则时隐时现,溪桥则可渡人驴,若能再添三两樵夫与渔父，就更饶诗意了。女性绝少出现，除非画的是人间的庭院或亭台。

西方的田园诗或风景画，其主角不外是牧童，有时加上牧羊女。pastoral 乃 pastor 之形容词，pastor 指基督教之牧师，但《圣经·诗篇》及《约翰福音》常用牧人之牧羊隐喻牧师，所以 pastor 也可指牧羊人（shepherd）。弥尔顿在《利西达斯》希腊田园挽歌中就一语双关，用此词来暗喻亡者既有志任牧师，亦有意做诗人。西方田园诗中的牧羊人每与牧羊女调情或相恋，不过在田园、山林、江湖的背景上，尚有其他各种角色。可爱又美丽的一类，有不同象征的女神、水仙、树精，供牧童去追逐，求爱。还有丑陋而多欲的一类，包括半人半羊和半人半马的兽妖，夹在神、人之间，令人恐惧，其名称又分希腊与罗马两大系统。例如由希腊文透过法文进入英文的 Pan 一词，意为牧神，其引申义 panic，可用作名词、形容词、动词，即因此一半人半羊之淫妖在荒郊野外会令人惊怖。

半人半马的淫妖（centaur）也很可厌，可怕。希腊神话屡述此类马妖之劣行。一则说女猎人亚特兰大（Atlanta）健步之速为凡人之冠，二马妖垂涎美色而欲擒之。她自知脚力不如马妖，乃射二箭连杀二妖。一则说大英雄赫拉克勒斯（Hercules）命渡夫涅索斯（Nessus）背其妻得伊阿尼拉（Deianira）过河。涅索斯乃一马妖，竟奸劫其妻而去。赫拉克勒斯射伤涅索斯，马妖死前，骗得伊阿尼拉说，若赫拉克勒斯不忠于她，可以用他箭伤之血为符咒阻之。得伊阿尼拉将其血涂在华衣上送给丈夫，在不知情下，害死了赫拉克勒斯。又一则说,拉匹锡国王比利索斯(Pirithous)娶后庆宴,后家亲戚多为马妖,醉后竟欲非礼新娘,骚扰女宾。比利索斯在雅典大英雄忒修斯相助下,终将马妖族逐出国境。

　　二十世纪最伟大的画家毕加索对希腊神话中这些妖兽的诠释,值得我们参考。一九二〇年他素描了两幅《妖马掳裸女》,线条纯净,灵活而有把握,力学分布平衡,看来整部希腊神话,都了然在他心中,跃然在他腕下。尽管如此,还是看得出被掳的裸女是在力拒反抗。一九三六年他以铜版蚀刻的《羊妖窥裸女》,着墨较多,情色不减。一九四六年在法国东南岸素描的《妖马海边烤鱼》,笔简而有谐趣。同年他又有四幅羊妖,其中二幅均为吹笛。另有一幅素描,为妖马正举前蹄,右手还横举着一柄三叉戟。看来毕加索对这些半人半兽的野妖,心情是轻松而富谐趣。也可看出,他如此作画,有一点反躬自嘲,笑自己是隐藏的妖怪。

　　美国名诗人兼画家康明斯(E.E.cummings)用立体主义的画风来写抒情诗歌颂春天。他的《天真之歌》(*Chanson Innocent*)即以希腊神话收篇:

这是

春天

那个

山羊脚的

卖气球的 吹口哨

远

而

渺

5

正宗的田园诗肯定的是乡村生活的安详、纯朴与宁静。内心的情绪应该是满足、认命。中国的田园诗肯定的该是农民，西方的田园诗本来针对农务，后来转为以牧人为主，又伴之以牧女，希腊神话更插入许多女神与妖怪，是非恩怨遂起。中国的田园诗来自儒家之以农立国，道家之以造化为师。西方的田园诗引进希腊神话，也就加入了爱情甚至性爱：羊妖、马妖，牧神之上尚有以酒乱性以音乐助兴的酒神（Bacchus），他的信徒（bacchanals）正是酗酒逐乐的少女，因丧妻而失魂落魄的奥菲厄斯就是被她们的狂欢营所害。尼采将希腊文化分为阿波罗与狄俄尼索斯（Dionysiac）。中国的田园艺术以文人水墨画为主流，近于阿波罗，西方的则近于狄俄尼索斯。陶潜的《桃花源记》里，渔夫终于全身而退，这在江湖遍地是羊妖马怪至少是树精水神的西方，是不可能的。桃花有花神，溪水有水仙，在西方田园的想象里，一定会有下文。

所以，中国的田园艺术是吃素的，西方的田园艺术是吃荤的。

田园诗、山水画能否延续生机，灵感不绝，先决条件是田园不荒芜，山水不残缺。所以辛弃疾说得最好："我见青山多妩媚，料青山见我应如是。情与貌，略相似。"如果江上之清风不再清爽，山间之明月不再明朗，雨水变酸，冰山解体，田园艺术如何创作下去？所以我来高雄三十年，所写鼓吹环保之诗文不下百篇，用意正在唤醒后工业时代对环保危机之重视。救田园，即所以救造化，救全球。愿作家与艺术家一致奋起，来拯救造福一切生物之造化。

二〇一五年三月

析论我的四度空间

乡愁是人同此心、举世皆然的深厚感情，对于离家甚至去国的游子尤为如此。世界各民族的文学之中，乡愁都是十分重要的主题。中国古代的诗歌，如《离骚》《诗经》《古诗十九首》，唐诗，宋词，等等。乡愁主题之作，不但普遍，而且动人。中文成语之中，类似"兔走旧窟、狐死首丘"之说，也比比皆是。当年我离开大陆，已经二十一岁，汉魂唐魄入我已深，华山夏水，长在梦里。日后更从我国台湾三去美国，乡思尤甚，所以乡愁的诗写了很多。二十一岁的少年，不但嗜读古文与诗词，抑且熟悉旧小说如《三国演义》《聊斋志异》《西游记》《水浒传》《红楼梦》，等等。中国文化在我的心底已烙了胎记，拭之不去。如果当日我来台湾，只是十二三岁的孩子，则恐根底不深，就不足以言乡愁了。

迄今我成诗千首，乡愁之作大约占其十分之一。与此相近之作尚有怀古、咏物、人物等主题,数量亦多。但在乡情之外,我写得很深入的主题还包括亲情、友情、自述、造化各项。因此强调我是"乡愁诗人",虽然也是美名,仍不免窄化了我。

乡愁的格局有小有大:"来时绮窗前,寒梅著花未",小而亲切;"万里悲秋常作客,百年多病独登台",大而慷慨。境界有大小,感情则同其深长。小我的乡愁,思念的是一事一物,一邻一里。大我的乡愁则往往兼及历史、民族、文化,深长得多,也丰富得多。所以乡愁之为主题,不应仅限于地理之平面,亦可包容时空交织、人物相应之立体。我写乡愁,格局有小有大。闻蟋蟀而思四川,见风筝而念江南,那还是小我。《乡愁》一诗中,邮票、船票还是自传性的小我,到了"一湾浅浅的海峡",便是民族的大我了。《只为了一首歌》开头的几句:"关外的长风吹动海外的白发／萧萧,如吹动千里的白杨／我回到小时的一首歌里／万里长城万里长／长城外面是故乡……"里面有地理,更有历史,抗战的记忆,被童年永远难忘的一首歌挑起。

单纯的抒情,凡诗人都会,但是怀古咏史、评断人物的诗,则于抒情之外还要有见识,才能把一个人物放在他时空交织的文化背景上来评价。一味直接的褒贬会失之武断或浅露,真正的高手应该知道如何即景、即事、即物,左右逢源、前后呼应地把描写和叙事穿插得生动感人。行有余力,诗人还可以加上幽默、调侃的谐趣。杜甫写武侯、李白、曹霸、公孙大娘、饮中八仙、三吏三别等杰作,对象与风格各异,实开人物诗之洋洋大观。苏轼推崇韩文公,调侃陈季常之作，有庄有谐，而《读孟郊诗二首》与杜甫《戏为六绝句》一样，同为以诗论诗，也是题咏人物诗的变体。

我用诗来写诗人，包括题屈原六首、李白四首、杜甫三首，更及于曹操、陈子昂、杜牧、李清照、济慈，与现代诗人如周梦蝶、痖弦、郑愁予、罗门、张错、叶珊、陈黎、林彧、流沙河，等等。不过这些诗比起中国传统的论诗绝句来，篇幅都更长，内容也更繁复。例如《与李白同游高速公路》不但长达四十六行，更引进西方"戏剧性独白"（dramatic monologue）的诗体，将李白置于现代社会之中，而使古今交融互动。至于咏杜甫晚年心情的《湘逝》，也是从诗圣的生平与后期作品中就地取材，用杜甫自己的口吻来呈现，篇幅更达八十行。

诗人之外，艺术家我也咏过不少，最多的是梵高，共有五首，因为我早年译过《梵高传》，后来论述其人其艺的文章也有四篇，梵高的原作也细看过不下百幅。他如仇英、傅抱石、吴冠中、席德进、刘国松、楚戈、江碧波、董阳孜、杨惠姗、王侠军等，也各有题咏。古人如荆轲、李广、昭君、史可法、孙中山、蔡元培、甘地也在此列，咏甘地的多达三道。神话与传说人物也都能激发我的想象，例如后羿、夸父、女娲、观音。总之，实有其人，就以信史为经，同情的想象为纬，事求其实，情求其真，更以独特生动的角度切入并淡出，夹叙夹议，始能为功。例如李广射虎入石一事，太史公只有一句话："广出猎，见草中石，以为虎而射之，中石，没镞，视之，石也，因复更射之，终不能复入石矣。"由我来写，就得考验自己的想象力，把《史记》之句更加发挥，结果如下：

> 弦声叫，矫矫的长臂抱
> 咬，一匹怪石痛成了虎啸
> 箭羽轻轻在摇

中国古典诗咏人物，最重见识。品评他人之际，也每每会泄露诗人自己的气度：感性再美，仍需要知性来提升。龚自珍《己亥杂诗》咏陶潜三首绝句，便一反陶诗冲淡的实论，却说陶诗的风骨自有侠骨："莫信诗人竟平淡，二分梁甫一分骚"；又说"颇觉少陵诗吻薄，但言朝叩富儿门"，反而小贬杜甫一下。其实杜牧和王安石也每作翻案文章，启人深思。现代诗步西方之后尘，奢言"发掘自我"，结果未见深度，却病狭窄：舍古典传统而不顾，非常可惜。

我在南京大学、厦门大学、台湾大学念的都是外文系；后来教学也都是教外文，唯一例外是一九七四——九八五年，在香港中文大学中文系任教。我在四川读高中时，英文一直很好，甚至可以读一些较浅近的原文名著，例如兰姆的《莎翁乐府本事》(Charles Lamb: *Tales from Shakespeare*)，也读过英文译本的《托尔斯泰短篇小说选》。当时正值抗日战争，四川盆地几乎与外隔绝，令人对西方十分憧憬。所以考大学时我唯一的选择便是外文系。

通一种外文，尤其是主流语文的英文，等于多开一面窗子，多开一扇门，通向另一个世界，心灵的空间扩大一倍。译文的间接沟通，远非原文的直接经验可比。读通英文之后，再回顾中文，才会更了解中文的特色。例如英文词汇虽然丰富，但是竟无一词与中文的"霞"相同。中国的传统水墨画画不出晚霞；西方的印象派油画最擅画朝阳与夕照，但西文没有相当于"霞"的词，所以西方人绝对不会像我一样欣赏"落霞与孤鹜齐飞"之美。但是反过来，读遍中国的古典诗，也不会遇见西方的一大诗体："无韵体"（blank verse），不会领悟工整的诗句虽不押韵，却另具节奏开合吞吐之美。因此莎翁的剧中对话，弥尔顿史诗的体裁都用了这种诗体，而另具高古朴素之感。

我熟读上千首英美名诗，不但教这一课已近五十年，而且还译过近三百首英诗。英诗的主题、句法、节奏、韵律、诗体、意象等早已深入我的感性，丰富了我的诗思、诗情，成为我"诗艺"的不可或缺成分。对于我的诗艺，中国古典诗是主流，西方诗是一大支流，至于"五四"以来的新诗，只是古典诗浅短的下游而已，不但三角洲有些淤塞，而且风景远不如上游与中流。

诗艺上，新诗能向西方诗乞援的地方不少。例如中国古典诗几乎没有回行，西方诗则并用"煞尾句"（end-stopped line）与"待续句"（run-on line）而变化句法与节奏，因此比中国古典诗更具伸缩自如的弹性。回行如能适度省用，当可收悬宕之功。不幸今日的新诗作者往往滥用回行，乃使节奏涣散，语气迂回，读来零碎不畅。

意象与节奏，是诗艺的两大要件，必须齐备，诗才能生动而流畅。诗有意象，才不会盲，有节奏，才不会哑。意象、比喻、象征三者之间，常常不易区别。大致说来，意象较为单纯，象征就比较繁复。例如"采菊东篱下，悠然见南山"，唤起的视觉十分鲜明，但并无比喻，只是即事即景而已。又如欧阳修的《再过汝阴》："黄栗留鸣桑葚美，紫樱桃熟麦风凉。朱轮昔愧无遗爱，白首重来似故乡"，四句都以鲜明色彩开头，真是明媚极了，却不牵涉比喻。比喻必须主客呼应，虚实相生，才能成立。例如"山是眉峰聚，水是眼波横"，山水是实，眉眼是虚，把山水拟人化，实者虚之，美感就在其间。更妙的是峰从山来，波从水起，巧接天然，戏法变得手脚伶俐，不留痕迹。再如"思君如满月，夜夜减清辉"，是以月比人：月满光盈，但是月盈之后，逐夜转亏，也就是"减清辉"，正如情人害相思，也是逐夜消瘦，一夜比一夜容光暗淡。所以"思君"是实，"满月"是虚，虚实之间有"夜夜"来转位：望月要在夜晚，相思也因夜转深。至于"春蚕到死丝方尽，蜡炬成灰泪始干"则是象征，因为它虽然实指爱情的无怨无悔，至死不渝，但字面却是具体而生动的意象：蚕丝与蜡泪。

  我自己诗中的意象，上承古典诗词，旁采西洋诗歌，有单纯的比喻，也有较为繁复的意象结构（imagery）。例如下面这两首单品，便是单纯的比喻：

水

水是一面害羞的镜子

别逗她笑

一笑,不停止

海峡

早春的海峡

那么大的一块蓝玻璃

风吹皱

但有些意象更为繁复,就需要更高的诗艺来经营,例如《山中传奇》的前四行:

落日说黑蟠蟠的松树林背后

那一截断霞是他的签名

从焰红到烬紫

有效期间是黄昏

断霞因落日而起,犹如落日亲手签了美丽的名字,自然的景观就引起了人事的关系。支票上签了名,有一定的生效期,过此便作废了;犹如落日挥霍的晚霞,要欣赏便得及时,否则就被夜色吞没。这种隐喻(metaphor)其实就是"拟人化"的修辞:客观之景物用主观之人事来诠释。再举我的《绝色》第一段为例:

> 美丽而善变的巫娘，那月亮
> 翻译是她的特长
> 却把世界译走了样
> 把太阳的镕金译成了流银
> 把烈火译成了冰

月光是日光的反射：如果日光是原文，月光便是译文了，所以月亮是一位翻译家，其译文比原文更美，更神秘。这样的"拟人化"意象，我相信，比民初的新诗委婉得多。

前面我说过，古典文学是我写作生命的主流，也是上游，而古典文学的载体，文言文，更是我写作语言的根底、骨架。不读文言，几千年的中华文化，包括文学，何从吸收。不熟读古典诗文，就不会见识到中文能美到什么程度，也不会领悟古人的造诣已抵达怎样的深度、高度。一位作家笔下，如果只能驱遣白话文，那么他的"文笔"只有一个"平面"。如果他的"文笔"里也有文言的墨水，在紧要关头，例如要求简洁、对仗、铿锵、隆重等，就招之即来，文言的功力可济白话的松散与浅露。一篇五千字的评论，换了有文言修养的人来写，也许三千字就够了。一篇文章到紧要关头，如能"文白相济"，其语言当有"立体"之感。所以我的八言座右铭是："白以为常，文以应变。"如果作者还通外文，而在恰当之处又引进方言、俚语，那"八字诀"还可扩到十六字，加上"俚以见真，西以求新"。一位作者能掌握这么多语态，他的筹码当然比别人多，而文言正是一张王牌。我的诗、文，往往在推向高潮之际运用了文言的功力，而这是迷信白话万能的作家无能为力的，例如《夜读曹操》的终篇：

  也不顾海阔，楼高
  竟留我一人夜读曹操
  独饮这非茶非酒，亦茶亦酒
  独饮混茫之汉魏
  独饮这至醒之中之至醉

  文言不但撑持了我的白话文，更成为我翻译英文诗的筹码。莎翁是四百年前的诗宗，济慈是两百年前的天才，其诗均古色古香，甚至使用 thou、thee、thy 等古语，何以一定要用今日的白话，而不能酌用一些文言来译？所以我译叶芝名诗《华衣》(*A Coat*)，干脆用文言来追摹他老练简洁的诗体，译文如下：

  为吾歌织华衣，
  刺图复绣花，
  绣古之神话，
  自领至裾；
  但为愚者攫去，
  且衣之以炫人，

> 若亲手所纫。
> 歌乎,且任之!
> 盖更高之壮志
> 在赤身而行。

陈水扁当局在政治"台独"之外,更力行文化上的去中国化,实为不智。我和那时的教育部门负责人杜正胜在媒体上几度争论,为的正是教育机构要把语文上课时数减少,把"中华文化基本教材"(论、孟选文)由必修改为选修,更把原来课文中文言与白话的比例由六十五比三十五,骤减为三十五比六十五。中华文化有精华也有糟粕,今人当去芜存菁,扬其真谛,却不可一律妄加否定。其实"文革"期间的破四旧,已经证明中华文化不可妄去。

我一生经营四大文类:诗、散文、评论、翻译,迄今写作不辍。最早锐意攻坚的,是诗;第一首诗《沙浮投海》写于南京,时年二十岁。至于写散文,则始于二十四岁,第一篇《猛虎和蔷薇》虽然是在评论文章风格,其实是刻意在写美文。不过我认真写抒情散文,从小品发展到"大品",而且在散文艺术上抑"五四"早期的小品而创"现代散文"之说,则是在二十世纪六十年代的初期。在《剪掉散文的辫子》一文中,我指出当时流行的散文,承袭"五四"之余风,不但篇幅短,格局小,而且有三大毛病:一是学者的散文,包括国学者文白夹杂的语录体和洋学者西而不化的译文体;二是伤感柔媚的花花公子体;三是清汤挂面不求有功但求无过的浣衣妇体。

后来我又鼓吹，散文家应力矫时弊，一扫阴柔，追求大格局新气象的阳刚文风。我把理想中的"大品"称为"重工业"，像贾谊的《过秦论》，司马迁的《报任少卿书》，像苏轼的《潮州韩文公庙碑》。在我这一类"大品"里，可称代表作的，应包括《逍遥游》《咦呵西部》《望乡的牧神》《听听那冷雨》《我的四个假想敌》《风吹西班牙》《红与黑》《桥跨黄金城》，等等。至于《圣乔治真要屠龙吗？》和《山东甘旅》等篇，则都长逾万言。当然，仅凭篇幅之长，仍不足以称大品。真正的大品，还得内容丰富，见解出众，风格则兼具知性与感性，语言也应能屈能伸，有弹性。近年余秋雨的文化散文，把读者带到"文化现场"的景点去，夹叙夹议，寓见解于抒情，也称得上大品。不过黄国宾称我的散文为大品，是因为他谬赏拙作在推向高潮时，能把感性"开足"，尤其是动感，于是语言的节奏与气势，臻于交响乐的盛况。这却不是余秋雨所要的效果。

也有某些论者认为我的大品太浓，太盛气逼人。我的答复是：长此以往，会有此病。我对文体，有心多方面试验，小品与杂文的产量也并不少。大品散文是我的壁画巨制。我想大画家该不会安于只画速写与水彩吧。

散文是相当庞杂的文类，与其他文类的分界也不很清楚。例如抒情文、写景文就近于诗，散文家若无诗才，这两种散文就写不好。又如叙事文，就近于小说，如果其中对话不少，则近于戏剧。议论文如果功架十足，过分严谨，又近于正规的学术论文。介于其间的还有身份暧昧的杂文，此体写得太抒情，就成了小品文，或者高不成低不就的散文诗；另一方面，如果说理太多，又成了议论文。议论文和杂文，应属知性散文；抒情文、写景文、叙事文等，应属感性散文。要称得上散文大家，必须兼擅两者，才能左右逢源，软硬兼施。偏才的散文家或擅言情，或擅议论，真正的通才既有能想的头脑，又有善感的心肠，才能无往不利，情理交融，让读者亲近作家的完整人格、风格。同一大家的杰作，风格也呈各异的比例，例如苏轼的赤壁二赋，《前赤壁赋》始于抒情写景，却继之以议论，那议论以水月为喻，来说人生与造化的常与变，盈亏虚实之间不必拘泥于变，自可安心于常。东坡为客解变化之惑，是智者的形象。可是到了《后赤壁赋》，"曾日月之几何，而江山不可复识矣"，却把情绪置于变中。东坡不再是智者，但是他毕竟"摄衣而上，踞虎豹，登虬龙……盖二客不能从焉"，还是一位勇者。前赋较具知性，至少是兼容知性与感性；后赋就舍哲学而营叙事，以感性为主了。

我常以旗杆喻知性，而以旗喻感性：有杆无旗，就太硬了；反之，有旗无杆，又太软了。风格就是长风，有杆有旗，就飘扬多姿。钱锺书的散文比起梁实秋的来，较富知性，所以多理趣；梁实秋则较多情趣。鲁迅与周作人兄弟之间，也似有理趣与情趣之分。王鼎钧与张晓风似乎也形成类似的对照。我自己的散文也不妨如此并观。偏重抒情而富于情趣的代表作，应包括《听听那冷雨》和《我的四个假想敌》；偏重理念而富于理趣的代表作，则应举《开卷如开芝麻门》《天方飞毯原来是地图》。

幽默起于人生之荒谬与无聊，对于生命的困境甚至悲剧，是一帖即兴的解药。现实逼人，不留余地，勇者起而反抗，仁者低首救难，唯智者四两拨千斤，换一个角度来看，竟能一笑置之。金圣叹抗粮哭庙，临刑竟能自嘲，说杀头是天下最痛快的事。英国的作家兼重臣托马斯·莫尔得罪了国王亨利八世，被判叛国，在断头台上竟从容将胡须捋开，说胡子无辜，并未得罪君王。这种黑色幽默能把悲剧化成喜剧，真是幽默到家，非常人所及。

钱锺书年轻时笔锋犀利，伤人无数，一时成了文坛的独行侠，左批鲁迅的严肃，好为青年导师，右刺林语堂的幽默文学，称之为"卖笑"。

在《余光中幽默文选》的自序《悲喜之间徒苦笑》里我这样说："幽默常与滑稽或讽刺混为一谈。大致说来，幽默比较含蓄、曲折、高雅，滑稽比较露骨、直接、浅俗；所以滑稽能打动小孩子，而幽默不能。另一方面，幽默比较愉快、宽容，往往点到为止，最多把一个荒谬的气泡戳穿，把一个矛盾的困境点出。以子之矛攻子之盾，是幽默最好的手段。讽刺就比较严重、苛刻，怀有怒气与敌意。讽刺可以用来对付敌人，幽默，却不妨用来对待朋友，甚至情人。"萧伯纳与王尔德并为爱尔兰大作家，均以词锋犀利闻名。不过萧伯纳是庄谐交加的讽刺家，唯美的王尔德却是轻于鸿毛、细若游丝的幽默家。我的幽默感近于王尔德，所以他的四部喜剧由我译成中文，乃理所当然。王尔德若懂中文，想必欣然而笑，未必会说出缺德话来。

钱锺书和梁实秋的幽默文章，均属小品。我的这类文章里却也有一些"大品",例如《如何谋杀名作家?》《沙田七友记》《牛蛙记》《我的四个假想敌》《饶了我的耳朵吧,音乐》等,不下十篇。

幽默是敏锐的心灵,在精神饱满生趣洋溢的状态下,对外界事物的自然反应。这种境界有如风行水上,自然成纹,不能作假,也不能事先准备,刻意以求。世界上多的是荒谬的事,虚妄的人,天生诙谐的心灵,当可左右逢源,随地取材,用之不竭。刻意取笑的人往往是贫嘴,是笑匠。真正的幽默感其实也是一种灵感,不召自来,但是要等善于表达的人,才能信口道来,信手写来,而成就语妙天下的美谈。

有一次,电视记者对我说:"有人又在电视上骂你了。"我笑答:"真的吗?太感动了。隔了这么多年,还没忘记我。可见我的世界早已没有他,他的世界却不能没有我。"幽默,正是让伤口变出玫瑰来的绝技。

中国古典文学的传统,常把"诗文双绝"引为美谈。这情况和西方颇不相同:西方的大作家罕见诗文兼擅,虽然弥尔顿、雪莱、柯立芝、安诺德、艾略特等名诗人也是文章高手,但其文章多为评论而非抒情散文。英国文学史上多的是大诗人兼批评家,但是英国大诗人而能写出《赤壁赋》或《阿房宫赋》的,却绝对罕见。试看唐宋八大家里,除了苏洵不擅诗而苏辙、曾巩诗才不高之外,其余五家可都是诗文双绝。其中苏轼旷世奇才,不但诗文双绝,而且每每诗文同题而风格各异。例如散文两写赤壁,前后二赋各有妙境,意犹未尽,更发而为赤壁怀古的名作《念奴娇》。又如在长诗《寄吴德仁兼简陈季常》之中，把陈慥取笑成惧内的丈夫，落得"季常癖"一词的笑柄；但是在《方山子传》的文章里，却把这"懦夫"写成了豪侠兼隐士。其实杜甫也曾同题分写：例如在名诗《画鹰》之外他还写过《雕赋》一文，而题咏曹霸画作的两首诗外，又写过《画马赞》一文。不过诗文相比之下，他的文章大为失色，只能当作写诗之前的草稿而已，因此无法赢得"双绝"的美誉。

我自己诗文都多产，而且同题分写的例子也不算少。从一九七四年到一九八五年，我一直在香港的中文大学教书，沙田山水之胜，入我的散文则成了《沙田山居》与《春来半岛》，而以之入诗则有《山中传奇》《山中暑意七品》《山中一日》《松下无人》《松下有人》《一枚松果》《插图》《松涛》《初春》《黄昏》《蛛网》《夜色如网》《十年看山》《沙田秋望》等篇。一九八五年秋天，从香港回到台湾，定居高雄，于是轮到南台湾的山水风物进入我的作品：成为散文的有《隔水呼渡》散文集中从《隔水呼渡》到《木棉之旅》的五篇长文；成为诗的则多达六七十首。我的中学时代在四川度过，印象非常深刻，悠久的记忆可见我的《思蜀》一文，入诗的包括《蜀人赠扇记》《回乡》《桐油灯》《火金姑》等篇。此外如美国经验入散文的非常多，可以《四月，在古战场》《塔》《咦呵西部》《望乡的牧神》《地图》等为代表，而相应入诗的也有很多，包括整本诗集如《万圣节》与《敲打乐》，以及《白玉苦瓜》的前六首。有人问我，兼擅诗文的作者要写某一主题时，究应选择何种文体。我的答复是：诗是点的跳接，散文是线的联系。某一美感经验，欲记其事，可写散文，欲传其情，可以写诗。

我一直主张，评论家也是一种作家，不能逃避作家的基本条件，那就是，文章必须清畅。评论家所评，无非是一位作家如何驱遣文字。他既有权利检验别人的文字，也应有义务展示自己驱遣文字的功夫。如果连自己的文字都平庸，他有什么资格挑剔别人的文字？手低的人，眼会高吗？

我所乐见的评论家应具备下列几个条件：在内容上，他应该言之有物，但是应非他人之物，甚至不妨文以载道，但是应为自我之道。在形式上，他应该条理井然，只要深入浅出，把话说清楚便可，不必以长为大，过分旁征博引，穿凿附会。在语言上，他应该文采出众，倒不必打扮得花花绿绿，矫情滥感，只求在流畅之余时见警策，说理之余不乏情趣，若能左右逢源，拈来妙喻奇想，就更动人了。

反之，目前的一般评论文章，欠缺的正是前述的几种美德。庸评俗论，不是泛泛，便是草草，不是拾人余唾，牵强引述流行的名家，便是旧习难改，依然仰赖过时的教条。至于文采平平，说理无趣，或以艰涩文肤浅，或以冗长充博大：注释虽多，于事无补，举证历历，形同抄书，更是文论书评的常态。

我自己写评论，多就创作者的立场着眼，归纳经验多于推演理论，其重点不在什么主义，什么派别，更不在用什么大师的当红显学来鉴定一篇作品，或是某篇"书写"是否合于主流。我只是在为自己创作的文类厘清观点，探讨出路。我只能算是圆通的学者，并

析论我的四度空间

非正统的评论家。我写的是经验老到的船长之航海日志,不是海洋学家的研究报告。

我自称一生经营的四度空间是诗、散文、评论、翻译。翻译虽然排在最后,但也是我同样努力的一大空间。我在大学毕业的那一年(一九五二)就翻译了《老人与海》(Hemingway: *The Old Man and the Sea*),三年后又译了《梵高传》(Stone: *Lust for Life*)。迄今我一共译了十四本书:最多的文类是诗,共有六本;其次是戏剧,四本。不同的文类需要不同的"译笔"。诗要译得精致,富于节奏与韵律之美;戏剧的台词却要流畅而自然。诗是给读者看的,戏剧却是给听众听、演员讲的,必须现说、现听、现懂。诗当然也可以给听众听,不过那是诵者(reader)的事了。我在大学里教了三十年翻译,又主持梁实秋翻译奖二十二年,现在正在翻译《济慈诗选》,准备明年出书。①

翻译对文化与宗教的传播,贡献至巨。佛教输入中国,前后的译经有赖番僧与"唐僧",例如鸠摩罗什与玄奘。基督教从近东传到西欧,也有赖高僧把希腊文、希伯来文译成各国的语文:一部英文《钦定本圣经》(*King James Authorized Version*)对英国文学的影响不容低估。二十世纪初中国新文学乃至新文化的发展,翻译也是一大功臣。今日全球化的进展,尤其是媒体的传播,都不能缺少翻译,所以不良的译文体常会倒过来扭曲各国的语文,甚至会衍生一种非

---

① 《济慈名著译述》已于二〇一二年四月由九歌出版社出版。

驴非马的"译文体",亦即不中不西的"新文艺腔"。所以好的译者,好的翻译课教师,甚至一般的好语文教师,实在是一国语文的"国防大军",必须认真维护自己民族清纯而自然的母语。中文正面临"恶性西化"的危机,为此我写过好几篇文章,包括《从西而不化到西而化之》与《中文的常态与变态》。

第三章 妙想惊鬼神

铜山崩裂

诗人吴望尧晚年多病，几近失明。很久没有通信，只知他远在中美洲，等到他客终他乡的噩耗辗转传来，虽为新闻，却已非近事了。我的难过就像隐隐的内伤，难以指认确在何处；尽管疼痛没有焦点，却牵连到半个世纪的回忆。

故事虽已结束，但怎么开始的，竟记不起了。只记得一九五四年蓝星诗社成立之初，创社的五位诗人并不包括望尧，所以他的出现当在蓉子之后，而稍早于黄用。等到我在一九五六年九月结婚的时候，他已经是来厦门街按我家门铃最频的常客，远较夏菁、黄用为频，更不提创世纪那些豪杰了。

我这一生从未入党，对于组社结派也无兴趣。当年参加共组蓝星，是因为钟鼎文、覃子豪两位前辈忘年枉顾，联袂相邀，令我有些受宠若惊。但他们毕竟长我十五、十六岁，可以结成文友，却不便腻成诗弟诗兄。真正常泡在一起高谈阔论、褒贬人物的，是四个人：其中夏菁长我三岁，望尧和黄用分别小我四岁和八岁，可以算是同辈。黄用年纪最轻，反而知性最强，善于理论分析，评人最苛，来我家最大的兴趣在坐而论道，而对世事的繁复不太关心。夏菁年纪最长，性情最宽厚，即使论到"文敌"，也只轻描淡写，谈笑用兵，从未见他剑拔弩张。他另有入世的一面，不会只顾跟我谈诗而冷落了我的家人，疏忽了我的新娘，可说是理想的客人。望尧在谈诗之外，更乐于融入我的家庭，跟我们夫妻玩在一起。他在台湾似乎没有家庭，可以确定的是只有一个哥哥，叫吴望汲。我们很少追问他的身家，只知道他曾在淡江英专肄业，而他也很少自述家世。

无羁无绊，这么一个单身汉，又是任侠善感的性情中人，喜欢常来我家，而且不一定唯诗可谈，所以很自然就成了玩伴，不但点子多多，而且往往夜深才散。望尧的诗有其阳刚雄奇的一面，与我同一类型的风格可以呼应。两人有不少同好，从观星到闹鬼到欣赏古典音乐，我们都能共享；吾妻我存也纵而容之，顾而乐之，参而加之，留下了不少同乐的回忆。

当时台北的夜空，大气尚未污染，光害也还不剧，星象有时历历可见。我们不一定要去开旷的河堤上才能观星，就算厦门街的巷子里，也可以在冬夜仰望猎户星座，像天启神谕一般，那么壮阔而璀璨，堂堂自东南方升起。望尧总是兴致勃勃，一手电筒，一手星图，不断俯仰参照，求识天颜，神游乎光年之外。两个星迷就这么夜复一夜，共游于宇宙之大，光程之远，忘情于天文学与神话之虚实绸缪。那段时间，我们写太空幻境的诗因此也就不少。一九五七年八月，我的《羿射九日》一诗发表，有"拉开乌号的神弓，搭一枝棋卫的劲矢"之句。望尧当天从南部赶回台北，特意为之买了一把黑漆的长弓来送我，令我深感他为我的知音。

另一同好便是鬼神的灵异世界。我们常在夜深述说或编造鬼故事来互相惊吓。有时会忽然关掉电灯，用电筒由下照上，露出明暗易位的一脸狰狞。我们夫妻本来不看日本电影，却在望尧的劝诱之下去看了《四谷怪谭》《独立愚联队》，当然还有《宫本武藏》。有一次我们上街，望尧昂昂然独步于前，我走中间，我存则落单拖在最后。事后我存抗议，望尧却说："日本片里的武士都是这样的。"

望尧酷嗜古典音乐，入迷之深胜过我们夫妻，尤其听到高潮入神，总会情不自已，做出打拍子应节的手势，一面闭目忘我，随着曲调陶然地哼哼唧唧。受到他的感染，我们更加兴奋。他的记性很好，即使不听乐曲，也会大段哼出李斯特的《匈牙利狂想曲》或是贝多芬的《皇帝钢琴协奏曲》。我则不甘示弱，也会哼出林姆斯基·科萨科夫的《天方夜谭》来较量。

望尧乃浙江东阳人，该是初唐诗人骆宾王的同乡。当年蓝星这"四人帮"的少年游，正醉心于西方的缪斯，并未认真追究彼此的籍贯。其实夏菁与望尧都是浙江人，我和黄用都是闽南人，原则上均为南方人，也许可以另组闽浙诗派了。四人之中，黄用最高，依次递降是夏菁、望尧和我。望尧剪小平头，额宽颔窄，嘴比较小，闭紧时爱鼓起下唇。脸色经常灰沉，两颊有些瘦削，皮肤较粗如橘面。

发声近于男中低音，鼻音与喉音较浓。他的表情以阴郁为基调，但在兴头上也会意气风发，一时豪放，浪漫到不行。

有一次一连好多天他未来我家，我们不放心，辗转打电话找到他。果然有了意外。他租屋独居，生活不守常规，某次深夜回去，进不了门，便攀竹篱入内，不料跨越失手，被一根竹尖狠狠戳进胁下。我们立刻赶去探伤，见他果然纱布吊臂又裹胁，状若伤兵。不过又发现他非但没有沮丧自怜，反而引以为傲，仿佛做了一次落难英雄，我们也就释然，苦笑以对了。

我和望尧尽管相交莫逆，但是来往的场景多在厦门街我家。至于他的日子平常是怎么过的，跟哥哥的关系又是如何，我们并不清楚，只觉得这位朋友向往的虽是武士气概，真正过的却是吉卜赛生活。有一点却可断定：不管他写过多少情诗，当时他应该没有女友，否则总会带来我家。我存怜他浪荡无主，就把自己一位女中的同学介绍给他。望尧约会了她几次，甚至还同去郊游，不过后来并无结果。也许那女孩并非诗人的知音，加以对方的家长一听是什么诗人，就反对他们交往下去了。不过，望尧也并非毫无收获，例如《骑士的忧悒——给叶洛·芙瑛》和《乃有我铜山之崩裂》，就是事后留下的情诗："叶洛"影射的，正是那女孩姓黄。

我和望尧深交，是在一九五五年至一九五八年那三年。一九五八年的夏末秋初，短短三个月里，母亲火化，珊珊降生，我自己更远赴美国：人生的三大变化接踵逼来，先是悲喜交加，而终于被寂寞领走。等到一九五九年秋天从美国回中国台湾，幼珊却继珊珊而来，我在师大英语系新任讲师，又忙于备课，遂无法像从前那样和望尧频密来往。望尧大概误会我在疏远他，意有不释。其实我留美一年，他先后赠诗两首：一为送别的《半球的忧郁》，一为催归的《四方城里的中国人——给光中》，都真情流露而诗艺精巧。而幼珊出生，也是他第一个飞邮去美国报喜的。如此情义，绝非泛泛。

一九五九年十一月，我回来一年后，望尧也毅然决然，连根拔起，远征越南而去。这一去，连他自己一定也没想到，竟是漫长的十八年，直到一九七七年九月才从越共统治的西贡重返中国台湾。其间他在西贡创业，专利经营他所研发的清洁剂而致富，生活稳定后重拾诗笔，颇为多产。不幸最后越战逆转，西贡一夕陷落，他的巨富化为乌有。当时我已转任香港中文大学中文系教授，先后写了两首诗给他：前一首写于他身陷初破的乱城，题为《西贡——兼怀望尧》，后一首写于他重获自由之际，题为《赤子裸奔——迎望尧回国》。我们相互赠诗，都是远阻两岸：他赠我诗，还在偏安之局，我赠他诗，却在兵燹之世。

望尧一家能从易手后的西贡逃出来，我家也出了一份力量。后来望尧惊完忆惊，才对我们追述，他带家人登机之后，起飞之前，深恐临时还有变故，那一刻长于千年，是怎样焚心的焦虑。

但是台北居亦大不易，望尧的化工企业已经毁于越战，他破产了，身心俱疲。三年之后他鼓起余勇，带了全家再别台湾地区，去一个比越南更远而且全然陌生的国家。他去了玛雅古国洪都拉斯。一举而要融入中美洲的人情地理和西班牙语的日常生活，更不提还得全神创业，压力之重当然容不得诗人吴望尧再顾缪斯。渐渐，他与中国台湾地区失去了联络。尤其到了晚年，久患的"老年视网膜退化症"更加恶化，就算把两架放大镜叠在一起，他也只能勉强辨识字形，而尽管如此，稍一久读也会眼痛。至于写字，也苦于举笔维艰，所以难于和朋友通信。如此困境，当然更败坏诗兴。

这便是曾经与我友情共鸣、诗兴相通的杰出诗人吴望尧。在交会时他曾经与我如此地亲近，而错过后却又与我如此疏远。他是蓝星星座漂泊得最远的一刹流星。金属疲劳的肉身啊，终于埋骨在玛雅的青山，曾经歌哭于斯焕发于斯的福岛，再也回不了了，而用诗句牵过系过缠过的神州，更无缘再践。但是他的魂魄，他那无所不入、入而无所不透的想象力，曾经兼探东方与西方，贯穿美学与科学，并且用敏感的触角伸向未来，则将长久驰骋于他的诗篇。可憾他的诗名今已不彰，连张默主编的《新诗三百首》也吝于为他留一页半页。我相信，吴望尧留给现代诗史的丰美遗产，仍有待耐心的史家、论者仔细清点。棺虽已盖，论犹待定，诗友学朋们，看一看后视镜吧。

吴望尧的诗作产量丰富，风格多元，佳作不少。大致分来，约有三类。第一类是少作，受了新月派和西方浪漫派的影响，轻倩柔美，意浅情浓，和我早年的情况相似。第二类仍是抒情的小品，但命意转深，个性转强，感性独特，风格渐向现代诗接轨，看得出大有发展的潜力。第一类可以下列的《竖琴》为代表：

时间的乡愁

我的心是只小小的竖琴,
久久没有人来弹奏,
如今拨出了优美的声音,
被你一双纤纤的手。
你切莫把琴弦弹得太重,
因为弦丝已经陈旧,也不要尽管轻轻地抚弄,
那将撩起我的忧愁。

第二类的佳作应该包括下列的《铜雀赋》:

若你有铜雀　锁不锁得住春天若你有春天　锁不锁得住二乔若我有东风便把东风
一股脑儿借你借与你漫天的花雨　千树的桃花

逐水流。可是江南不是千山的江南任十里的春江向晚凝目处堆烟砌霞汉朝的楼台不见楼台　荒芜的庭院深深谁还知道千年的往事　又散入了谁家?

若你有春天　锁不锁得住东风若你有桃花　染不染得红半壁的天涯百代下　若你
在铜雀遇见了二乔且问她　若三月的东风不来　你嫁是不嫁

这种诗真是尖新可口，用现代的口语来传古典的风流：徐志摩无此自如，何其芳无此飒爽。节奏太滑利时，已懂得将"千树的桃花逐水流"分在两段，顿挫来得突然，乃收变速、变调之功。又如"染不染得红半壁的天涯"，既有口语的自然流畅，又有"半壁天涯"的化虚为实，巧铸新词，诚然是推陈出新的。又如《醒睡之间》这一首：

> 睁眼泅泳于黑海湾的菱角线上
> 听心的帮浦在压缩，呼吸如蛇之在我鼻穴中游动
>
> 四壁墙上有十六只眼睛在交换眼色
> 手术台上躺着待割的鱼吧
> 可以掀去我的鳞片了，流白色的血液而无感于痛的所
> 以一群戴口罩的木乃伊在私语着
>
> 我是被压在这灰色光的金字塔下的
> 躺在一方冷寂的沙漠，千年的岁月奔泻直下
>
> 我感到，有仙人掌的利剑在刺我，向生命的脆弱处
> 而我已是长了翅膀的，我可以飞了！

主题当然是写手术台上的病人正接受开刀，在麻药的半昏迷状

态,经历了成串的幻觉与联想,从鱼到沙漠,从金字塔到仙人掌,最后到鸟,真能直探魔幻写实的奥妙。这主题,我在自己的《割盲肠记》一首中,亦曾处理,句法比他精练,想象却不及他神奇。在这类诗中,望尧已经摆脱了早年的浪漫纯情,像下面这首《中文横写》就另具机智与谐趣:

  地球向东转　太阳向西爬
  四千年的文化　突然
  变成喝醉酒的螃蟹　在
  台北的街头　五光十色的招牌上
    迷路!

  左顾而右盼　好像都一样
   好像都不一样
  (这是左右逢源　还是左右为难?)

  妈妈爱我　我爱妈妈
  那倒没有关系　总是一家人

  爸爸的舅舅　舅舅的爸爸
  这本账　可就有点糊涂

有人说 左道就是旁门
行人靠右走 就不会撞车
确是有点哲学 可是我觉得
还是挺直了腰杆走路最好

　　纯论诗艺，此诗失之散文化，而排列也嫌零碎，但若论命意与造境，却很高明。此意由我借来经营，相信会较警策，可见望尧虽多才而多产，有时却得鱼忘筌，不拘小节，不耐细改。第二类中另有一首，题为《乃有我铜山之崩裂》，原是一首情诗，开始两句是：

乃有我铜山之崩裂了
你心上的洛钟也响着吗？

　　当年，望尧写好后示我，只看起句就震撼了我。太有气象了，动情，就应该如此的。古谚有云，"铜山西崩，洛钟东应"，根据东方朔的解说：铜者山之子，山者铜之母。洛阳的铜钟无故响了三天，是因为远在西方有山崩的关系。这典故我那时并不清楚，足见望尧涉猎杂书比我广博，而又眼明手巧，竟能用来象征情人之间心心相印，不，是心心交撼之状。可惜接下来的句子望尧却写得太缠绵太浅白，未能接住庄重的古典，落得有句而无篇。《我打今天走过》是一首组诗，写诗人走过晨、午、暮、夜，各为一副题。单看第四段《夜》，便可见作者想象之奇诡：

时间的乡愁

> 紫晶杯中尚存着些残酒
> 我是迟归的浪子吗?
> 啊!何以星子摒我于门外?
> 我欲叩月的门环
> 却错抓了大熊的尾巴

末三行的一连串隐喻转位得既快又妙。既单纯又繁复,却又秩序井然。望尧的许多高超之作,常以太空为舞台,而成就其宇宙剧场(cosmic drama),但也可以观察入微,以人心人体为微观戏院(microcosmic theater)。在他的诗艺中,回归新古典与探险超现代可以同时进行。他的不少新古典之作,又像歌剧,又像宋词长调,反复咏叹,令人击节。下面是八行的《大宇如网——赠所有在台的诗人们》:

> 大宇如网,星横黯天,南国初夏
> 念十载浪迹,廿年浮名,方圆纵横,已成烟霞
> 琴棋残落,书剑飘零,那只身又是天涯
> 莫回头,看野荷如诗,新月如画
>
> 且罢,愁如泻,负长剑四海如走马
> 待北窗高卧,东篱锄菊,不谈风雅
> 去去何处,渺渺山河,莫非是猿鹤虫沙

到如今,问新诗三千,是谁天下?

可惜望尧虽然多产,却尽为短制,并无气贯百行的扛鼎力作。他的第三类诗也没有长篇,都以组诗的结构建成,有一种辐辏聚焦的引力。这一系列的巨构展现出作者壮阔的雄心,善变的机心,值得诗评家认真评定。从道家的《太极组曲》和《东方组曲》到现代感的《都市组曲》和《二十世纪组曲》,再到动力美学的《力的组曲》,他的想象简直有意将回忆、当今、展望镕于一炉。这一类组诗格局宏大,设想奇诡,虚实相应,文白互补,为现代诗开拓了既能化古又能求新的领域。我认为吴望尧的潜力并未充分开发,若非时代多灾再加晚年多病,当能练就更醇厚的诗艺,完成更精美的作品。限于篇幅,我无法在此大量引证,却忍不住要让读者窥豹见斑。下面先引《都市组曲》十首之三,《银行》:

> 红墨水,蓝墨水,吸墨纸,钢笔,尺
> 算盘与算盘的咒骂,计算机们数字的接力赛
> 账簿上有许多阿拉伯数字,许多许多——○
> 收入和支出摔角,借方与贷方抗衡
> 争论着庞大的保险库之地狱锁着的银行的灵魂
> 骄傲的,千万个人所追求的,不屑于一顾穷人的
> 从冷冰冰而阴沉的,保险库的大地狱
> 在大理石的阴阳界上,从铁丝网的小门

时间的乡愁

> 投胎于朱门大腹贾的大口袋中

与此都市文明冷酷理性形成对照的,是《力的组曲》十一首之末,《骑驼者》所营造的古代文化的神秘气氛:

> 颤抖的铜铃震撼着沙的波纹
> 啊!夜冷了,幽邃的铃声更冷
> 风的手指扯乱了司芬克斯的头发
> 狂嗅着骆驼的尸骸,倒毙者的红头巾
> 疯狂地诉说它横行于大漠的骄傲
> 得意地吹动着尖锐的黑管
> 而狂笑,隐身于金字塔的阴影
>
> 我并不怀疑我的骆驼是沙漠的方舟
> 我是驼峰的征服者,我仰首
> 哲人星在顶上放光,向无垠的沙漠指路
> 青冷的月光撩乱我怀中匕首的锋刃
> 呵!我要以它插进腐朽的历史的——心
> 远处,远处传来古老的木乃伊的歌声
> 我骑着骆驼,按着匕首,向它昂然而去

这样的诗句,在语言上我还能够修炼得更简洁,但是在想象与风格上已经无法提升了。

二〇〇九年二月九日

　　附注：本文所举之诗均见于《巴雷诗集》，希孟编，二〇〇〇年由天卫文化公司出版。巴雷是吴望尧的笔名。

天鹅上岸，选手改行

痖弦先生对于台湾文艺的贡献，依分量之轻重，该是诗作、编辑、评论、剧艺。他写诗，是扬己之才；编刊，是成人之美，不但鼓舞名家，发掘新秀，抑且培植继任的后辈；评论以回顾新诗发展与为人作序为主。

但是痖弦最重大的贡献，仍应推现代诗之创作。从一九五三年到一九六五年，十二年间他写了近百首作品，量虽不丰，质却不凡，令文学史家不能不端坐正视，更遑论一笔带过。近百首作品之中，至少有一半是佳作，至少有五分之一是杰作。他的作品实属不凡，但特色颇为多元，实在难于归类。例如北方之民谣风味、欧美之异域风格、奇幻之花草意象、浪漫之水手生活、传神之人物速写，还有文白对位之奇妙句法、北地方言穿插翻译口吻之文体、音调呼应隐喻起伏之手法，在在都令读者惊喜难忘。当然，他是我这一代必定会传后的一位。从他停笔迄今，已近半个世纪，无情的时光显然忘不了他。

我和痖弦的诗缘颇为悠久。早在一九五八年，我已在《简介四位诗人》一文中推崇过他，指出他诗艺的特色是戏剧手法、善用叠句、异域风情、典故频频。一九五九年我在艾奥华的毕业论文 New Chinese Poetry 里，又译了他三首诗：《土地祠》《船中之鼠》《酒吧的午后》。其中《土地祠》的"油葫芦"一词，是北方人对蟋蟀的称呼，我这南方人未加细察竟予误译，后来被刘绍铭指出。被一个广东人如此纠正，实在不甘。

我和痖弦之间还有编者与作者的关系。先是在现代诗惨淡经营之初，我负责《文学杂志》和《文星》两刊的诗页，曾经发表了痖弦（后经公认的）几首好诗。后来痖弦自己主编《幼狮文艺》和联副，凡我的稿件，他必定刊用，有时更邀我开辟专栏，对我的鼓励远胜我当初对他。痖弦和我之间，除了这些直接的关系，还有一些间接的影响。至少他早熟的诗艺，对我当日出发较早而成熟较迟的缪斯，多少也有所启发。他的魅力多元而玄秘，很难用评论的三棱镜来分析。首先他的主题或角度大半是低调，往往是无可奈何，顾左右而言他，充满自嘲甚至自虐。《剧场再会》《伞》等早作已有先例，后来的《歌》《殡仪馆》《战神》《乞丐》《船中之鼠》《酒吧的午后》《巴黎》《上校》《马戏的小丑》《如歌的行板》《深渊》等，其实都是此一低调的辐射与变调。

低调的另一变调是反战的主题：这现象在台湾地区军中诗人之间相当普遍。其早在一九五七年写的《战神》，正是一篇代表作，其后的《上校》和《战时》也是同类。在二十世纪五十年代，台湾政界，尤其是军界，对这种主题当然是禁止的。诗人的障眼法不是故作晦涩，便是将场景搬到海外去，遁入翻译作品的幻觉。痖弦的诗艺颇得益于翻译作品，因为上乘的译文能摆脱古典诗好用典故又困于陈腔的压力，常有新颖活泼的效果。《痖弦诗集》的第四卷就有十二首是把场景移去欧美或中东。有趣的是：无论痖弦如何转移场景，有一个中国的坐标常驻其间，那便是他少年时期熟知的荞麦田，而不时出现在他诗中的乡愁意象，令我这南方人也为之怅惘的，还有唢呐、铜环、陀螺，等等。

反过来说，痖弦的"域外"写作，凭其吸收翻译作品的敏悟，也真能安排细节，经营意象，造出逼真的临场感来。诸如"船首神像的盲睛""桥牌上孪生国王的眼睛"等，都很传神。

痖弦诗中的意象结构，也善用各种花草来美化或异化场景而凭空加强了诗意。屈原也很会营造这种 flora 的缤纷感。芳谱开出来，一路不是水葫芦花、山茱萸、木樨花、苎麻、白山茶、酢浆草、忍冬花、金银花、迷迭香，便是苦柏树、酸枣树、灯草绒、野荸荠。这种手法令人联想到现代画的拼贴（collage），以不类为类，以并列对照来异化陈腔滥调，逻辑上未必说得通，美学上未必行不通。

另一方面，要说痖弦的作品都沉溺于阴暗凄迷的低调，也未免失实。从他诗路起点的《我是一勺静美的小花朵》出发，《痖弦诗集》

第八卷里已经有不少愉悦、积极、美好的少作,例如《我的灵魂》《葬曲》《蓝色的井》《地层吟》。同时,《短歌集》的五首组诗,尤其是《晒书》和《流星》两首,不折不扣,都是生动清澈的意象诗,早已超越胡适的浅白,而追上庞德的尖新了。《瘂弦诗集》的前几卷中,像《春日》《秋歌》《一九八〇年》《蛇衣》《妇人》《给桥》诸作,也都温馨动人,充满了爱与祝福。而在这一类诗中,堪称集大成的杰作便是长达五十二行的《印度》,也是我早年激赏之作。瘂弦此诗作于一九五七年,直到一九八三年我自己写出了《甘地之死》《甘地纺纱》《甘地朝海》的组诗,才觉得自己像瘂弦一样,也终于向这位圣雄俯首致敬。

瘂弦出身戏剧系,后来成了杰出演员、朗诵高手;他的好诗往往充满戏剧感的张力,也其来有自。《瘂弦诗集》第五卷十首,都是各行各业人物的速写,寥寥数笔,就像古人画像的"颊上三毛",顿时活动起来。其中《C教授》《水夫》《上校》《修女》《坤伶》《故某省长》六首都属上品,《上校》与《坤伶》尤其短小精警;而更可羡的是,六首都是同一天写成。其实卷一的《三色柱下》,写理发这一行,谐趣充溢,兼有感性与理趣,也不妨纳入卷五。

最后要分析一下瘂弦的语言及其所承载的诗体。瘂弦的语言有其独具的魅力,不以力取,而以韵胜。它能够温馨柔丽,也能够阴郁低沉,更能一咏三叹,叠句重词,一波三折。其综合的音调,兼有苦涩与甘美,即英文所谓的 bitter-sweet。至于语言的成分,则在白话的基调上还融入了文言、方言和译文语气:白话中包含了北方的俗语,文言的脉络来自李金发,可能还有纪弦、方思,译文的语气则取自他广泛的阅读。但不论龙脉如何交错,到了他的笔下,都调成了奇妙的鸡尾,成了可口的 cocktail(鸡尾酒)。往往,精美的叠句会间歇地出现在多行的长段之间,像宣叙调之间出现古典的咏叹调,又像浓重的现实之间忽然一瞥想象的美景。

> 轻轻思量,美丽的咸阳
> ——《下午》

> 伊在洛阳等着我
> 在荞麦田里等着我
> ——《桥》

> 在帘子的后面奴想你奴想你在青石铺路的城里
> ——《下午》

第三句以二十字组成一行,带点意识流,真要令人断肠,可是《痖弦诗集》后面的附录却未译到位:Behind the curtain, your slave is thinking of you, thinking of you in the city of pavements. 此处的 city of pavements 失之于散文化,令人想到柏油铺路的现代都市。同时,think of 也似乎太平淡。我倒建议不妨译成:Behind the curtain, how your slave misses you, missing you in the town paved with green stone-slabs.（missing 改成 pining 也行）。《下午》的第一句也是绝妙的名句：

我等或将不致太辉煌亦未可知

十三个字一波三折，文意不断转折，极尽迂回之能事，却令人叫绝。语气低调之中有自嘲也有自慰；主词是复数的"我等"，暗示落魄的一代。《如歌的行板》有一句可以和此句呼应：

君非海明威此一起码认识之必要

"君""非""此一""之"之文和"起码"之白，互相浮雕，也极尽调侃之能事。回到前面的"我等……"一句，"不致""亦未"皆否定词，但是否定得颇温和；"或将"更是犹豫不定的语气。三者并列一句，究竟是自得还是自讽，真是难说，何况"辉煌"之前还有个"太"字，分量又有了变数。狡猾的痖弦竟会如此造句，真亏了他！

说到诗体，一般评论家也许会认为痖弦的作品，除了北方民谣风的一些以外，都显然是所谓"自由诗"了。我却认为不尽如此。他的诗，分段整齐者有《战时》（每段五行）《巴黎》（每段四行）《马戏的小丑》（每段六行）。《歌》乃读里尔克诗后所写，每段四行，前三行长，末一行短，结构完全一样。《山神》乃读济慈与何其芳后所作，每段六行，四段平均分配给春、夏、秋、冬，直逼济、何的感官临场感。《伦敦》每段四行，有两处用了如下的押韵叠句：

乞丐在廊下，星星在天外
菊在视窗，剑在古代

《坤伶》六段，每段双行，有三段用了韵脚，或近乎用韵："卫、碎""啊、她""律、里"。《如歌的行板》句法不拘，也不押韵，但"……之必要"的叠词贯串了全诗，参参差差，一共出现了十九次，成了绝唱。再看《复活节》一诗：

她沿着德惠街向南走
九月之后她似乎很不欢喜
战前她爱过一个人
其余的情形就不太熟悉

或河或星或夜晚
或花束或吉他或春天
或不知该谁负责的，不十分确定的某种过错
或别的一些什么

——而这些差不多无法构成一首歌曲
虽则她正沿着德惠街向南走
且偶然也抬头
看那成排的牙膏广告一眼

  这首诗好像是自由体，但是每段一律四行，首段"喜、悉"互押，中段"晚、天／错、么"双押，末段"走、头"互押，由于语言自然，一般读者遂掠过而不察了。

  痖弦的好诗之中，这首《复活节》也是突出的，虽无警句，也无妙喻，却像艺术电影的一个桥段，女主角有沧桑的美丽，在一条不热闹的街上走过，一直在换背景，似有若无，有淡淡的配乐扬起。痖弦的诗可称杰作的，至少应该包括下列的这些：《红玉米》《土地祠》《印度》《船中之鼠》《马戏的小丑》《深渊》《坤伶》《上校》《给桥》《如歌的行板》。一位诗人留下了如许杰作，对于民族母语的贡献，也就永不磨灭了。

二〇一一年五月二十日

炉锫道艺一鸿儒

艺通今古、学贯中西的张隆延先生，二〇〇九年五月以百岁高寿逝世，当代大儒又弱一位，至堪惋惜。伍尔芙夫人悼念康拉德的文章，以这么一句开始："死亡惯于激发并调准我们的回忆。"隆延先生生前，我无缘立雪其门，不得大叩，却有幸数挹清芬，留下深刻的印象。

二十世纪六十年代初期，萧孟能创办的《文星》杂志对低沉的台湾文化界激荡很大，对文艺的现代化运动也颇多鼓舞。当时隆延先生正任艺校校长，对这本刊物十分支持，并先后发表艺术欣赏及中西文艺比较的文章多篇。萧孟能府上常有文人学者雅聚，有一次我也应邀参加，正逢隆延先生为十几位与会者评介马蒂斯的艺术。该是半世纪前初夏的午后，隆延先生穿的是颜色轻浅的上装，眉丰发密，举止从容，风神俊逸，流盼间带着自得的微笑，因为他讲的正是他最喜欢的题目，自然手挥目送，有一种游于艺的逸兴。我刚从美国回来不久，虽然也修过李铸晋所授的"现代艺术"，但于中西之交汇、古今之变通，尚有未诣。隆延先生却能从马蒂斯的所谓"野兽派"旁敲侧击，举一反三，说到杜甫的"转益多师"，韩愈的"陈言务去"，甚至高更的后期敷彩，中世纪教堂玻璃窗花的勾勒，波斯的织锦，清真寺的图案，日本画的简减；令我顿悟，原来文评艺论竟可如此地左右逢源，不拘一格。

另一印象，便是隆延先生口才无碍，但语调却舒缓有度，并不咄咄逼人。更令我感觉亲切的，是他的南京口音。我生在石头城，一直到九岁因抗战逃难才离开，所以这种口音，既不像江北之硬，又不像吴侬之软，听来特别顺耳。不过那印象只留在我的感性里，直到他身后我才确定他祖籍虽是合肥，却生于南京。更巧的是，他的小学、中学都是在南京读的，后来更入了金陵大学的政治系；我也在南京读过小学、中学，后来同样进了金大，读的是外文系。

文星雅集，虽然有幸得聆高论，可惜后来同在台北，却少见面。直到一九六四年，我有机会获得富尔布莱特基金会的邀请去美国教书，才再度与隆延先生续缘。当时我国台湾的惯例是：外出"讲学"，职级必须在副教授以上。我在师大只是区区讲师，在台大、政大、淡江、东海兼课虽有副教授的名义，并不能改变专任的本职。于是公文旅行卡在台湾的卷宗。不料时任文教处长的隆延先生，竟肯为我力争，强调此人非一般讲师可及，何妨破例放行。就这样，我终于去了美国,"讲学"两年。

隆延先生扶掖晚辈不遗余力,这只是一个小例。他比我年长近二十岁,对早期文艺现代化运动中努力创作而屡受挫折的青年作家与艺术家,不论口头或笔下,原则上一律表扬、肯定。慷慨说项的回声,断断续续传到我们耳里,鼓舞很大。当时一些"先知先觉",起初各自为营,渐渐觉得应该相濡以沫,聚零为整。建筑家王大闳终于号召了一小撮人,包括杨英风、许常惠、刘国松和我,准备联手来促进这运动。同时,我们尽管殊途同归,毕竟代表了个别的创作方式,王大闳又为这雅集取了一个名称:Chimera。词出希腊神话,指的是一匹吐火的怪兽:其首如狮,其身如羊,其尾如蛇;甲文也可称"四不像",非常自嘲。可惜我们太高蹈了,并无任何革命行动。倒是隆延先生,除了清谈,无论是主持艺校或国际文教处,是赞助《文星》或发表艺评,都不失为一代导师,可与俞大纲相提并论。

一九六七年迄一九七一年,隆延先生奉派去巴黎。加上我自己也屡次来往于大洋彼岸与中国台湾之间,我们互不谋面长达四分之一世纪。直到一九九〇年我家长女珊珊在纽约结婚,隆延先生光临喜宴,并应邀致辞祝福新人,我们才得一夕欢聚。那一次致辞的还有夏志清先生,他比隆延先生年轻十二岁,不算元老却十分顽童,在台上意识乱流了一番,意犹未尽,却被于梨华劝下台来。

又过了九年,刘国松的画册配上我的题画诗六首,由台中现代画廊出版，隆延先生为《诗情画意集》写序，仍一本多年前勉励后进的热情，多为溢美之词，竟谓"余刘两位的作品，都是酿花成蜜，涌容万象！"令我们既感且愧，只能加倍创作，俾可不负厚爱。

杜甫《戏为六绝句》所言"不薄今人爱古人"，正是隆延先生变通古今的赏析宏观。其实凡是通权达变、通脱不拘的高人，评鉴众艺，不但能察其异，更应能悟其同。雪莱在《诗辩》一文中说得好："想象所行者乃综合之道；理性重万物之异，想象重万物之同。"想象力不但为创作所必备，抑且为评论所应有，否则论者怎么能尽窥作者的虚实？其实此理不但于"万物"之大是如此，据以观"众艺"之妙又何独不然。文学、音乐、绘画、雕塑、建筑、舞蹈、戏剧之为众艺，从美学的观点看来，莫非一魂而出入多体，技巧尽管各殊，妙谛却无隔阂。此理我近年常用来演讲，题目有时是《美感之互通》，有时则是《艺术经验之转化》。

隆延先生博而能精，非一行之专家，乃众艺之通人，所以当年由他来主持艺校，真是适才适任。当年如设文化机构，他也应在首选之列。他最专精的一门艺术，应该是书法，也就是他认为应该改称的，书道。所以他一再强调："书道创作里，不但有画，有建筑，有音乐，有舞蹈……而且也就是画，是建筑，是音乐，是舞蹈……何所'有'？有其'美'。何以'是'？其'美'是！"对于书道，隆延先生不但深究其美学，抑且细析其技巧，更循流溯源，宏观其发展；这方面他述而且作，出力最多。早在当年，他已率先指出，中国的书道领先西方的抽象艺术，本质上正是所谓的"无定象""非物象"。

书道之外，隆延先生于绘画领悟亦深，中西的艺术史自能宏观比照，看出不少道理来。一九五九年他在《文星》上连载了十二篇《艺术欣赏》，颇能追本溯源，融贯中西，而且擅用感性的美文来发挥知性的理念，并穿插生动的实例来印证，令人读来不胜神往。《得意而忘言》一篇便有这么一段："屠夫观吴道子画铺而放刀改业。波士顿交响乐团演奏德不玉冼的声诗《海》（Claude Debussy: *La Mer*）第二章，阁楼座上有女宾晕眩。都是艺术史里有趣的故事。一则是宗教画经道子的妙笔发挥了'善'的德；一则是乐团演奏艺高传达了印象派领袖创作的'美'。"

隆延先生的《艺术欣赏》于"形""意"之辨着墨最多，例证亦频。他引证苏轼七古《王维吴道子画》来说明，吴道子虽然"笔所未到气已吞"，却仍近于画工；反之，王维的画艺"得之于象外"，才更为高明。他强调中国绘画的源流应以自身的理念与语言来诠释，不可一味求便，套用西方流行的术语。他说："强牵挽近的新词，打扮为古代衣冠，不特徒劳，实滋谬解。不可妄说'某主义'！"所以他论及柯克西卡、克雷、蒙克、马蒂斯、艾尔·格瑞科等画家，指出西方虽然用"表现主义"来概括，其实用中国传统所谓的"写意"，当更简明易解。也因此他肯定苏轼的高见，将"写意"置于"形似"之上；不过同时他并不武断否定一切的"形似"，仍然认为"形似"若能"传神"，当然比徒具"形似"高明。也因此他指出，梁楷的《太白行吟》、石恪的《二祖调心》当然是高明的写意；可是另一方面，顾闳中的《韩熙载夜宴图》、张择端的《清明上河图》等史实故事画,尽管偏于形似,但研究史实制度的人可据以参证,自必倍加珍保。

除此之外,隆延先生分别论析戈耶、塞尚、马蒂斯、亨利·摩尔等西方大师,也常引用中国哲理来诠释,更显得通情达理。例如论及雕塑大师摩尔的作品每好凿洞,他说:"犹之庖丁解牛但'以神遇'!凿空造'无',以相反相成之道,当其'无',有'实'之用!"

对于音乐,隆延先生也别有会心,《说德不玉洗的"流云"和"令节"》(德不玉洗即德彪西)一文最是佳例。他在解释德不玉洗何以归入魏兰的印象派之余,更把李商隐来比拟,还说:"'流云''令节'与'水仙吟'三章乐诗,合名曰夜曲(Trois Nocturnes),'水仙吟'最为幽美。全乐用八位女高音吟乎空青,了无词句,乍近渐沓……假如必得用中国文字传说,湘灵怨瑟,差可比拟,钱起的'曲中人不见,江上数峰青',或许借做假况。"到了文末,隆延先生又说前述三曲"既不是画,也并非诗,所托已不可凭触,寄兴又何必拘泥?'落月满屋梁,犹疑照颜色',少陵看见太白,各因所思,各得其是,艺术之妙,诣在感兴非徒娱耳目,实在养性灵"。

渊博的学者写文章,有文采的并不常见,但是隆延先生的笔下,无论是白话或文言,都文采可观,不但有才气、奇气,还富于想象与谐趣。《花之事又一章》是一篇白话小品文,尽管多引古诗咏花的名句,其基调仍是白话的节奏,行文偶傥多恣,比起民初的名家如徐志摩、朱自清、郁达夫等，毫无逊色。可惜此道隆延先生似乎不太在意，所以作品很少。另一方面，他的文言文却写得典雅而又不拘，时见创意，令人想起钱锺书。这种中西交融的风格，出入于骈散之间，游刃有余。例如《丘丙良画展序》之句："丙良体物察微，浑然与之化。暇辄写：游鳞乐水，飞羽戾天；芳菲冶春，琅玕鸣雨；莫不表白尽致，笔简神全！时而微醺兴会：冯墨沈之腴枯，辨景光之荣谢。缩地咫尺，齐鲁连青。汇流百川，西东贯一。或淳回以悦性，或炭纂以凌云；鄞鄂蟠胸，运挥如意！"又如《胡念祖画展序》亦多骈行："兴至操觚，写意固见其挥染活泼；心存惜墨，工致乃不容增减分毫。松生堂上，韵远风清；壑在墙头，泉悬幛湿。作千山积雪，观众值盛夏犹觉寒；着一抹微云，尘世有烦嚣亦渐灭。"

隆延先生亦有诗才，却似乎无意开拓，偶有兴会，竟口号而成。例如这首《自 Dublin 乘飞翔机赴 London 云中口号》：

  不复见雕背 浮尘清九垓
  耳从云海洗 人向日边来
  大气横秋色 高风激壮怀
  何当生羽翼 天宇任徘徊

颇具唐人豪兴，虽袭名家句法，却也一气呵成，而"耳从云海洗"虚实双关，极有创意，"人向日边来"也潇洒自得，不失奇趣。《拔龋齿示柏林某秘书》：

>狗窦初开喜疾除
>
>逢人掩鼻但胡卢
>
>飞而食肉知无分
>
>三十清狂称老夫

颇有韩愈化丑为美的自嘲谐趣，尤其"狗窦初开"是套"情窦初开"而来，更化俗为雅。"胡卢"表面是状其支吾含混，但也有"葫芦"里卖什么膏药的双关。足见隆老不失赤子之心，十分可爱。其实他很爱寓谐于庄，像钱锺书一样，喜欢把专有的人名地名音译成中文，博读者一粲。西方的人名要音译成中文，往往对不准音，例如 Gorky 译"高尔基"，基和 ky 毕竟差了许多。隆延先生想必深以为憾，所以为了逼近原音，竟然把 Debussy 译成"德不玉洗"，把 Rouault 译为"胡卧"，把 Henri Matisse 的名译成"昂赫毅"，又把 Degas 译成"德格阿"，都很有个性，令人想起钱锺书戏译的"爱利恶德"（T. S. Eliot）、"来屋拜地"（Leopardi）。《傅申书画序》末所注"十之张隆延时年九十寄身窟应寺"，其中窟应寺令我困惑久之，因为从未听说纽约的十丈红尘里居然有一怪庙。后来才悟出：那不就是 Queens 吗？不过 Michelangelo 的大名被隆延先生译成"米昔郎几罗"，却有欠妥：因为那是法文的发音，米翁乃意大利人，ch 该读 k，所以一般的定译是"米开朗基罗"。Debussy 译"德不玉洗"是应该的，因为他是法国人。

隆延先生字十之，出自"人一能之己十之"，当是自谦之词。他学贯中西，艺通古今，绝非下士，也绝非十之而能。他从书道出发，兼容并包，能通众艺。我倒认为这样的达人，这样文艺复兴的达人（Renaissancce Man），不应取"十之"为字，应该改"十之"为"一之"，因为他不但一学就悟，而且充分体现了"吾道一以贯之"的壮语。

二〇一一年五月

眼到，手到，心到，神到

九年前我写过一篇散文，叫作《谁能叫世界停止三秒？》，其中有这么一段："摄影，是一门艺术吗？当然是的。不过这门艺术，是神做一半，人做一半。对莫奈来说，光，就是神。蒙鸿之初，神曰，天应有光，光乃生。断霞横空，月影在水，哲人冥思，佳人回眸，都是已有之景，已然之情，也就是说神已做了一半，但是要捕永恒于刹那，擒光影于恰好，还有待把握相机的高手。当奇迹发生，你得在场，你的追光宝盒得在手边，一掏便出，像西部神枪手那样。"

如此的说法，九年后似乎未全到位了。摄影，早已不是半被动的技术，而且对生命的诠释也不能草草归类，名之为写实主义了。角度或布局虽不容你更改，光影却可以加浓或减淡，色彩也可以再加以调配，而作品完成后应如何题名，在虚实之间也大有选择的余地。例如《埃菲尔铁塔》还是客观写实，而《顶天立地》《钢铁的灵魂》《天所入云》，便是主观的冥想了。摄影，可以是纯然的记录，也可以是匠心的经营。写景，是形而下。造境，便是形而上了。

西方谚语有"Man proposes, God disposes"之说，相当于中文"谋事在人，成事在天"。但是摄影之为艺术，却是神眨了眨眼，给了人一个暗示，事情能不能成，还得看人有没有动心，继以动手。如果还是熟手、高手，就能成功了。

柯锡杰先生是我多年的好友，这一次应高雄市美术馆之邀，南下来开摄影展，除了早年的经典代表作，让我们有幸能饱览他一生艺术的成长与成就，真为南部的观众高兴。

柯锡杰不但技巧高超，而且创意高明，早期作品已成熟可观，最具代表性之作当推《等待维纳斯》。此图动用蓝、白、红递减之三色，蓝色占全幅四分之三，上半为天蓝，下半为更深邃的海蓝。白粉墙垂直矗于图右，午日晒得正烈。白墙上嵌着双扉紧掩的枣红色长窗。三色对照十分强烈，呼应之功有如室内乐之三重奏。不过此图之胜不限于色调的感性，因为题目《等待维纳斯》一下子就将它提高到了神话的意境。凡是略知西方绘画的人，一见这题目，自然就会联想到文艺复兴时代波提切利的经典名作《维纳斯之诞生》，心目中的亮丽画面立刻呈现爱神婀娜的立姿，所乘贝壳正由一阵香暖的西风吹来岸旁。题目《等待维纳斯》只是预言海潮分处奇迹即将出现，所以地中海上层叠的浪潮此刻仍深孕着深邃的神秘，不见中分。

《极》《金海》《白沙丘》《树与墙》《云的对话》等图，也都是早期风格的名作。例如《金海》一图，旭阳映照在早潮上，满海湾耀卷着金黄，潮水未及之处则陷于纯然的黑影，但海水背日的一侧，仍曳着木刻一般的黑线。此刻，三五渔人正在小船旁边，衬着亮金的人影尤具对比之美。《白沙丘》一幅，广阔的天空张着抒情的柔蓝，下面只留下六分之一的"余地"给微微斜起的白沙，还嫌对比不够，更在这一条白上放进一张，说不出究竟是野餐桌还是木屋顶黑灰相间的物体，多耐看啊。《树与墙》的对比组合十分惊人。左边的繁花之树，呈不规则的钝三角形；紧贴着的右边则是一面颇有沧桑的侧墙，屋顶也呈钝三角形。图的上方则是深不可测的钴蓝天色，像是夜色，却又未必，因为苍白的垩墙还迎着光，而一树的繁花也未失色。《云的对话》也是匠心别运的杰作。在构图技巧上，仍采用对比的美学。一条地平线割开愈高愈深的蓝天与洁白的沙地。这原始的天地之间还有两组对比：便是沙上的几丛灌木，细枝窄叶，线条柔媚，加上远空的白云飘逸，如曳轻纱。更丰富的对比是期间还有一搦女体的背影，婀娜之中有刚健，那背影，颈后垂着长发，腰下飘着细纱黑裙。最福至心灵的一招，是她平伸双臂，右手几乎要触及白云，乃使观众顿生幻觉，似乎那一匹白绢是她随手撒出去的。这一切形体当时自然都在现场，但摄影家若未及时选对恰好的角度，奇迹仍然不可能留下。

《云的对话》虽然拍了人体，但并非以人体为主题。柯锡杰拍人体相，前后已有五十多年，但观众注目的焦点一直在他饶有创意的造境。二〇一一年，他为了追求人体与大自然对照的美学，远赴澳洲去拍新作，因此人体美学也成了他摄影艺术的要目。当然，玉体横陈，搔首弄姿，未必能成美学之正果。裸体之美，从古希腊的大理石雕一直到现代的毕加索、马蒂斯、莫地里安尼、席勒，在西方艺术的传统里早成要项。连文艺复兴时代的流行宗教画，所谓《圣母与圣婴》，都常见圣母甚至袒胸授乳。但中国的美学传统接受儒家"非礼勿视"的戒条，对裸体作品仍不能坦然以对。道家的放浪形骸，于男性，尤其是隐士之流，似乎网开一面，但施于女性则不可思议。所谓雅与不雅，往往只有一线之隔，一念之差。因此柯锡杰此类新作，或会引发争论。不过近日报载，有妇女在台北故宫博物院当众授乳，受到馆员劝止，结果却博得舆论同情。可见今日台湾的观众已经"开明"多了。

裸体摄影的美学，有一个待解的矛盾。如果背景在户内，会有商业广告的联想。如果在林间或水畔，则对比够了，却又会感到不自然。禽兽在野外就很自然，而禽兽本来就裸体。超现代主义的绘画曾将女体幻化成海市蜃楼（fata morgana），可供参考。

这次的展品，另一主题是"他乡／故乡"，包罗万象，琳琅满目。大都会的雪景，塞外的风光，惊涛拍岸，沙尘暴起，伞市争艳，峰峦起伏，都令人目不暇接。柯锡杰早期的《Olay! 安东尼奥》拍西班牙的斗牛场面，已呈现强烈的地方色彩。野柳的《女王头》，台湾的古厝，大陆的梯田，葡萄牙的《祖母玛利亚》，贵州的《婚礼归来》，都各具乡土风情。有一幅视觉的奇迹，可以称为《蚝市》：只见千万生蚝带壳，堆叠成旋涡？一般的韵律，令我联想到柯克西卡的名画《拥抱》（KoKoschka: *The Embrace*）。二〇〇一年在香港展出的《絮语》，该是雅俗共赏的杰作，拍的是备赛的三匹白马，正载着三名轻矫的骑师在草地上遛蹄。主题在马儿不在人，所以三骑师只拍到腰下，这样的取框真有创见。整个画面，骑师的红衣和白马相映，而马腿的灰影和浅绿的草地又相衬成趣，骑师的白裤、黑靴更和马体呼应，真是壮观夺目。但是题目《絮语》却弱了些，如果易名《并驾》或《缓辔》，当较切题。

近作之中颇多当家文艺界的名家，从郎静山、林玉山、杨英风、许常惠到林怀民、三毛、李昂，近五十人。这些名人照也可收雅俗共赏之功。久闻其人而忽见其貌，总是令人惊喜的，其快感近于顿悟。

至于经典作品之列，则是丰富多元而难归类，每一幅都各有千秋，经得起时间的考验。有很多幅我都十分赞赏，但无法逐一分析。有些杰作令人一见钟情，另一些则愈看愈好，十分耐看，并赢得知音的共识。大致说来，写实的较浅，较讨好；造境的较深，经得起一再咀嚼，历久弥甘。柯锡杰的丰富成就，得从他最高、最深的杰作来衡量。他不仅是眼到手到的摄影家，更是心到神到的美学家、哲人。

柯锡杰、樊洁兮，珠联璧合，一以静取、一以动胜，连名字都暗喻呼应："锡杰"，倒读，不就是"洁兮"吗？

二○一二年十一月

妙想惊鬼神

二〇一三年四月在高雄市立美术馆展出的"疯狂达利",令南部的观众大开眼界。展览的题目径以"疯狂"为号召,其实有点夸张、误导。达利与毕加索、米罗并称西班牙现代三大艺术家,他的作品变化多端,看来似乎随心所欲,即兴而成,其实匠心善运,机心深沉,绝不疯狂。他自己就郑重说过:"我和疯子最大的不同就是,我没有疯。"

超现实主义的运动,始于两次世界大战之间,起点该是阿波里奈尔(一九一七)与布列东(一九二四),传播该是从法国越洋到美国。达利正是其核心人物,不但他的作品雅俗共赏,甚至他惊世骇众的言行,自我推销的设计,在在都吸引观众,轰动媒体。对于这一切风起云涌,他竟说,"我并不善于谦虚"。

像毕加索一样,他不但长寿,而且早熟,早期的作品就已可观了。尤其是人像画，一出手就生动不凡，例如《颈项如拉斐尔的自画像》，和父亲、妹妹的画像，还有好友路易·布纽尔的半身像。此外更有一些静物，虽然可见毕加索立体手法的启示，却也风格别具。

加入超现实运动之后，达利充分表现出自己的才华，成为众所注目的焦点。一时风生水起，涌现出许多超现实健将，例如比利时的马格里特（René Magritte）和德尔伏（Paul Delvaux），意大利的德·克伊利科（Giorgio de Chirico），法国的唐吉（Yves Tanguy），等等。也有人把德·克伊利科称为玄学画派。尽管如此，这些排除理性的主宰而探索潜意识的梦境之画家，呈现在观众之前的世界，是经由正、反、合作用臻于矛盾统一的演化。他们的画面，分而观之，所有的细节都是栩栩如生的写实，但合而观之，其整体结构却荒谬反常而不可解，可是另有一种神秘莫测的美感。例如唐吉的《隐形物》（*The Invisibles*）一图，在阴沉灰蒙的背景上，天地间似乎有一大群伪装的无名生物，或是高科技制出的组件，精确而又复杂，正在发动什么而将有所作为。这像是一场梦境，却如此真实逼人，可以伸手把握。

又如德·克伊利科的《无限的慵困》（*Infinite Languor*）一图，透视井然的画面上，前景正中有一具白石的卧体，投下明暗对照的一片黑影，侧面的古建筑，廊柱矗立形成的拱门投下更大幅的黑影。四下荒寂无声，唯广场的彼端有两人渺小，却投下长逾身体的阴影。更远处，地平线上有一列火车，正曳着长长的白烟在过境。这一切细节也各为写实，但加起来倒不是荒谬，而是古今对照得十分极端。

这种以反为正的风格，也可印证于德尔伏的《维纳斯入梦》（*Venus Asleep*）。全景是高柱擎举的宫殿，暗蓝的夜空有一爪月痕，俯临着起伏的荒山。中庭却有好几个人体，包括全裸仰卧的女人，全裸而舞的女人，正面走来戴着高帽穿着正式衣裙的淑女，此外还有一具直立的骨骸。同样地，分而观之，都认真写实，合而观之，却全不可能，但另有其逼人、祟人之美。

达利最受推崇的一幅油画，该是《记忆坚持停格》（*Persistence of Memory*），背景是在海边，枯树枝上、方台上，与某雌体的无名海兽上都挂着一只软化而折叠的巨表，长短针所指是将近六点钟。远处有荒寂的岬。整个空间都悄然无声，因为三个巨表都不走了，连时间也停顿了。何以会如此？显然近六点时发生过什么大事，所以时间也已被点穴了，就僵在那里。如此的软表意象达利一画再画，给观众的印象极深。

达利的画既为细节写实整体怪异之矛盾统一，其画面视觉几乎都是晌晴天气，大气澄明透彻，所有细节都一清二楚。他用弗洛伊德的以性释梦来看生命，但是他的梦境往往既非纯情的美梦，也非滥感可憎的噩梦，而是细节大有可观全景又耐人寻味的心灵探险（psychic adventure）。例如《怪物的发明》的全景是一片可疑的沙漠，其中细节可分为四组。最夺目的一组是正中的一个方洞，浮在洞口的一只大木柜上，供着一具马头女胸的雕塑，其旁有一位戴着面具的天使，伸出右臂，仰望着她。左下端在一张长方桌后，坐着一对男女，像是夫妻，紧贴着脸颊，像是共同注视着一个跳舞的小玩具。

他们的左侧还坐着一个披着棕色长发的女子,其脸颇阔,像是由两个半脸合成,独自入神地在玩几件不可名状的玩具。左上端则是一群半人半兽的异物,都恍惚像是图中央的马头女体。照说希腊神话在野外常有人身马体合成的淫妖,叫作 centaur,其上身皆为毛茸茸的壮汉,却大异于达利笔下的女身。最奇特也最壮丽的,是右上方远处的一匹长颈鹿,不知怎的,长鬣和斜背正着了火,烧得壮烈极了。更远处,天边的几片云也发生了火灾,似与这长颈火鹿互相呼应。

达利的油画之中,还有一些是虚实相生真幻互应。例如《消失的影像》一幅,画一女子似在孕中,正站在布帷下,婴儿床前,风格近于荷兰风土画家维米尔。如果你再仔细寻索,又会恍然悟出,那画面也可看成是一老者右侧的脸颊:女子的头原来是眼睛,上身是鼻梁,手臂是胡须,隆腹是白髯。西洋画中偶见海市蜃楼的幻影,谓之 fata morgana。我把它译成"法大魔敢纳",意为法力之大凡魔术皆敢包纳。例如《女神的诞生》,背景是一片荒山,前景是一座神山,难道是奥林匹斯山吗?而像一座玻璃罩一般罩住神山的,造神运动尚未完成,不就是诞生中的女神吗?这也是一种"法大魔敢纳"吧。

同样以历史、神话、宗教、传说入画,其风格应可分高下或深浅。例如张大千临古人的名画,技高可以乱真,但毕竟只是抄袭,尚非独创。真正的大家将古人画意推陈出新,当为有来历的重创,不得与抄袭混为一谈。大卫(Jacques-Louis David)以历史为主题的名作，例如《沙宾女人之被奸》及《李昂尼达斯死守塞麻皮利关》，只能视为历史的插图。艺术大师处理前人的名画当能翻古为今，点司空见惯为惊喜的新奇。例如拉斐尔的《圣乔治屠龙图》，到了德拉库瓦同名的画中，天使、骏马、妖龙的方位、神情及色调等都有巧妙的重组，风格截然不同。米开朗基罗的雕作《圣恸像》，到了梵高的同名画中也有重组。达利的油画《圣恸图》也有重大的变化。达利处理耶稣的几幅油画，例如《卡拉瞻仰十字架上之耶稣》《卡拉之基督》《上十字架的圣约翰》及《最后的晚餐》，采取的角度，有的仰角颇大，有的俯角近九十度，有的把耶稣与十二使徒放在海边的落地窗内，轩敞而又明亮，窗外更有上帝张臂庇佑着他们。这些画面很自然地令观众想起无数的耶稣钉十字架作品，更不可逃避达·芬奇的杰作《最后的晚餐》。我们会觉得：达利处理这些主题有如作家在作品中驱遣典故。不错，达利不但善于利用传统，而且能活用典故，使观众在旧路上不时见到新风景，乃有层层累积而生的惊喜。

毕加索也是这样。艺术史家说他无画无来历，简直是一大"神偷"。毕加索一九五一年的《韩战大屠杀》(*The Korea Massacre*)用戈耶行刑队枪决囚犯的画面（《一八〇八年五月三日》）来诠释韩战，乃用典之高招。他又把德拉库瓦的名作《阿尔吉利亚妇人》巧加变奏，不但画面较近正方，原有的四个女人中删去了那黑妇，而且余下的三个女人由原来的坐姿改为二站一卧；同时，原画的亮丽色彩与浪漫气氛更改为立体主义技法（cubist）的武断构图，线条和体积都几何化了。另一特点,是原画背景的两扇窗扉不见了,代之以一幅裸女的装框画图。德拉库瓦的名作变成了依稀可认的典故。

欣赏达利的天才,不能错过他丰富的雕塑。达利之为雕刻家,论壮丽不如米开朗基罗,论磅礴不如罗丹,论苦涩不如贾科梅蒂,论圆融又不如亨利·摩尔,可是他三度空间的作品,天真可爱,洋溢着童话的稚趣,至其深处,又能够探到弗洛伊德的根底。就童话的稚趣而言,达利又令我想起王尔德。

达利晚年由绘画转入雕塑,是将他二度空间的构图放大成三度空间的立体,因而也改变了观众欣赏他作品的方式。以前观画,是单向的直观,但欣赏他的雕品,就必须绕行一周,才能从不同的角度饱览全貌。他的雕品几乎全是铜雕,于是他的软拗巨表就摆脱平面,以立体之姿挂到槎丫的树枝上来了。《记忆坚持停格》《时间之舞》《时间之侧面》等作都属此类。一九三七年达利早就画了一幅双像图,把湖中的天鹅倒影成大象,天鹅的长颈反过来成了象鼻,而其双翼反过来也就是象的大耳,似在象征凡事物都可由正反两面合成。三十年后达利将此意用雕塑表现,并把它放在镜面之上,虚实相生,令人惊喜:其作用正如文字之一语双关。

《蜗牛与天使》是一则玄学难题,化为可感的极端矛盾。匍匐缓移的蜗牛竟长出翅膀,更由擅飞的天使来驱策,不禁令我们想到"急惊风遇上慢郎中"。人生就是如此吗?弗洛伊德看了,会拈花微笑吗?

《长颈鹿维纳斯》最动人的遐想,是不成比例的体态:女神的长颈把头部高举到空中,是有所寻找或期待吗?此举将传统丰满而窈窕的爱神灵化成玄思的苦涩,创意十足。她的腹部生出一个长抽屉,更象征达利经常暗示的秘密欲望,而用拐杖撑着,又似乎是在暗示秘密有多沉重吧。

《圣乔治屠龙》乃欧洲许多城市都供的雕品,主题无非是英雄救美,圣徒除妖。达利所塑,一望便知是师法拉斐尔同题的名画,圣乔治执矛斜刺妖龙的姿势正是拉斐尔画中所见;唯一不同的,是妖龙翅膀上扬成颇为壮观的火焰,而且正被圣乔治的坐骑两条前腿夹紧。艺评家却说这姿势暗藏达利对卡拉的情欲。这说法简直破坏了主题强调的善恶对立,善力终必会镇服恶势。

《佩蝶的戈黛娃夫人》是十分可爱又可观的雕品,主题盛传民间,说克文崔的伯爵苛税太重,伯爵夫人戈黛娃为民请命。伯爵答应减税,条件是戈黛娃必须赤身骑马巡行街道。戈黛娃果然裸骑上街,市民怀恩,尽皆关窗守住户内。伯爵终于减税,此事遂传为美谈。达利所塑,美人骏马,尺寸悉如真人,戈黛娃曳着修发,吹着铜号,发上、号上、膝上与马腿上都各停一只蝴蝶。人体与马身都闪着巧克力一般的光泽,十分暖眼;人发、马鬃、马尾都略带金色。整件雕品简直可口可餐,可以抚玩。

《亚当与夏娃》将人类第一对童贞男女分立于雕台两端,中间还立着一条蛇,盘成心形,蛇舌吐芯,向着亚当。夏娃已经握苹果于掌中,并向亚当伸来。亚当则左手下垂,右手举起,为状又爱又怕,欲迎还拒。真是一座杰作,其弗洛伊德的性欲动机很自然令人想起,当时达利迷恋卡拉，对方不但是有夫，还比达利年长九岁，况且又身处天主教的社会。因此作者潜意识深处正苦于罪恶感的折磨。

《太空象》雕于一九八〇年，乃本于一九四六年的油画《圣安东尼之诱惑》。象腿之长四倍于现实，象背还驮着又长又重的方尖碑，象征人世名利财貌的诸般负荷。乔治·卢卡斯电影《星际大战》里战场上出现的象军，载重突阵，岌岌可危，我怀疑很可能是本于达利的奇想。

《独角兽》在西方神话中是一尊神秘的异物，据说其独角有毒，可以化解一切剧毒，又说此异物代表贞操与纯洁。它原来长得如四不像，后来又代表马的典范或男性的雄风。达利的雕品却是一匹青黑色的雄骏，额上的独角比马腿还长，挺直像一柄金杵，正刺透一面砖墙，造成一心形的裂洞。独角尖上正滴下精液，心形洞口也淌下了一串血。无可置疑，整件雕品用的是神话的典故，正暗示甚至明示着交欢。

《阴与阳》是一件玄想有得的青铜雕品，所本也是早年的平面绘画《风中之谜》，造型是一对腰果，一仰一俯，以内弯的一边紧紧相扣，暗示世间万物都正反相生。仰起的弧角上尚有一只极小腰果，而另一弧角下又有比例更小的两个人体，一大一小，像是母亲对小孩指点这阴阳之道。不成比例，也正是达利惯使的惊喜特技。

达利的艺术往往惊世骇俗，令社会不安，但是有时候也会妩媚大众，甚至配合日常生活的需要。他是一位能屈能伸的天才，深处能探玄学或超现实主义的三昧，浅处也能戏弄大众，不时令观众惊喜交加。最有名的例子是用二十世纪二三十年代女星梅·韦斯特（Mae West）的唇形来设计的艳红沙发，使人见了，已经想入非非，更别说坐了。另一设计是S形的双人座沙发，也是整体绯绯撩人，椅背的双弧两端都下垂成纤手。不用说，这当然是为他钟爱的卡拉做的。依此延伸，又设计了曲线流畅无阻而四腿变成高跟鞋的单人扶手椅，叫作 Leda Armchair。还有 Leda Low Table，桌面由一手一脚蜿蜒撑住。诸如此类，不一而足。

这么一位雅俗共赏，风格不拘，能够点梦成真，化日常为梦幻的天才，虽然未必能凌驾毕加索，但是与毕老、米罗鼎足而列于西班牙的三大，却是举世公认的了。

二〇一三年四月

参透水石

三月底,我们夫妻俩去北美馆参观林惺岳的回顾画展,惺岳以展主的身份也一路陪伴。酣赏之余,我对画家笑语:"你的画风不是魔幻写实,而是倒过来,写实魔幻。"惺岳欣然称善。

我说这一句话,并非玩弄文字游戏,而是因为他少年的画风本质上属超现实主义,对现实虽然偶有影射,却介入不深,而画面的感觉偏向唯美,色调也较单调而阴冷。中年以后他开始另谋出路,不是去追逐社会的现实,而是去亲近自然,投怀造化,尤其是台湾的山水,说得更精确些,是台湾溪谷的水与石。这一回头,他投入了,不是日常的生活,而是天长地久的生命,台湾神奇的地质寿命。中国古代画家处理岩石,久已发展出一套套的皴法,这一套对惺岳全无功用。他又回到了西方油画的透视和明暗烘托,毋宁从写实的基本功做起,当然令一般观众欣然接受。可是他画中之石并非国画大小斧劈成或披麻皴成的绝壁，而是在溪谷涧床交相叠倚的荦荦磐石、磊磊卵石。

这许多大小石头，从盘古的造山运动以来，历经风霜雨露，只有地质学家才知道其底细，而与其共承天地之化育，同享日月之精华者，则是山洪带来的水，否则这些山子山孙、石兄石弟就未免太单调、太寂寞了。惺岳画中之石，或大或小，或近或远，或明或暗，都自在得井然有序。尤其是主领前景的巨块，色泽鲜艳，纹路与肌理纵横可观，不会是纯写实吧？在疑真疑幻之间，又似乎和女娲炼五色石有关。如此一来，石出盘古，又育于女娲，怪不得惺岳画中的水石互补，总予观者神话的启示，非泛泛写实之辈所能为功。那种色泽与光辉，令我想到华兹华斯的诗句：The light that never was, on sea or land, / The consecration, and the Poet's dream.

这就回到我对惺岳所谓的"写实魔幻"了。他在画册的自述《艺术与自然》中，说明他为水石"写生"的程序：第一阶段是去户外采景，用相机和速写簿就各种角度和不同时辰所见去捕捉可以入画的景物；第二阶段则回到户内，把拍摄及速写所得自运匠心加以删选，重组成主观创意的画面。依此程序完成的风景，其前景、中景、远景，可以取自不同的时空。他更以戏剧为喻，说取景是选演员，布景是选舞台，而将水石坡谷逐一呈现则是编排剧情。依此看来，第一阶段的努力乃属于"写实"，第二阶段的安排就转而"造境"了。有了写实的功夫，造境才有所本；终于达到造境，写实才有所发挥。所以惺岳的水石世界既有写实之逼真，又有造境之入神，乃能引领观者出入虚实,得大自由。

这种虚实互济,情景交融之道,也不妨用诗来印证。梅圣俞说:诗应该"状难写之景如在目前,含不尽之意见于言外"。前一句说的正是景,后一句说的正是意。景要诉之直觉,意是诉之暗示,里应外合,始得立体。杜甫的《房兵曹胡马》一诗:

　　胡马大宛名,
　　锋棱瘦骨成。
　　竹批双耳峻,
　　风入四蹄轻。
　　所向无空阔,
　　真堪托死生。
　　骁腾有如此,
　　万里可横行。

中间四句形成两联,前一联上承"锋棱瘦骨",乃以双耳批竹状其峻,再以四蹄入风状其轻。但是到后一联,不宜再写实了,就出之以造境。又如杜甫的《望岳》一首:

　　岱宗夫如何,
　　齐鲁青未了。
　　造化钟神秀,

时间的乡愁

>阴阳割昏晓。
>
>荡胸生曾云,
>
>决眦入归鸟。
>
>会当凌绝顶,
>
>一览众山小。

这首诗用来比照绘画的空间转进,再生动不过。开篇两句状泰山之博大与连绵,不但空间上气吞齐鲁,而且色感上青葱不断,简直就是单色的抽象画(abstraction in monochrome)。后面的四句空间感依次收缩,十分微妙:造化把神秀集中于此山;阴阳用山脊来分日夜;云海波荡乃变化不定的大外空间,却因蒙太奇技法叠合于小内空间的吸气填膺,可谓天人合一;归鸟越飞越小,看得人眼眶酸麻,空间感缩到至小,成一焦点。末两句又向上缩成绝顶,但俯眺却小了齐鲁而大了世界。杜甫没有读过西方艺术史,却能以直觉的灵感参透其奥妙。

惺岳在画序中告诉我们,他画中的水石都是他躬亲发现的真相。我相信他真的目睹过那些七彩缤纷的奇石,关键在于:到了惊艳观众的面前,其枕流相倚的布局和幽深的溪谷,倒映的云天,已经画家苦心经营,变成另一世界了。那些奇石不是庭园设计的假山,讲究什么瘦透漏丑,也非玩石行家标榜的什么昂贵名石,像某某名人或某某禽兽,更非意大利进口的卡拉拉大理石,而是与天地同寿受清水浸润的无名野石。

参透水石

中国古诗有所谓"咏物诗",前引杜甫的两首诗,不论所咏之"物"是马是山,原则上都是咏物诗。咏物诗的高妙全在于既要直状其物,务求生动,又要曲传其意,有所寄托,而一阳一阴还要巧加呼应,才能虚实兼顾,成其立体。林惺岳的水石画正是画中的咏物诗,观者既惊喜于其物之逼真,又觉得其中一定还有所寓意,等他去追索,去参禅解谜。其实参不透解不开也不妨。陶潜不就认了吗:"此中有真意,欲辩已忘言。"

林惺岳的画作相当丰富,而早期和后期的风格判然有别,不过其发展颇有重叠。早期的超现实唯美画风,不绝如缕,一直延续到二〇〇七年的"寂静的穹苍"。而后期开朗的水石壮观,早在一九八六年的"浊水溪"就发轫了。后期甚至晚到二〇〇九年,还有"教堂"这么神秘而美的三连图(triptych),未可小觑。但是大体上说来,中年以后的水石壮观才是他全盛的高潮。

在此高潮期,他画了近二十幅水石偕美的杰作,篇幅越来越宏大,而且突破了黄金律。像一九八八年的《浊水溪》(218cm×291cm),横向迤逦的全景(panorama)呈现急湍起伏,在溪谷的磐石间腾跳而下,已为十年后(一九九八)的杰作《归乡》预埋伏笔。但两画的动力美学(dynamic aesthetics)却形成生动的对照:《浊水溪》奔流的是单向的冲下,"归乡"的急湍一路冲下来,但成群的鲑鱼却逆流而跃,不顾一切,简直成了末路的英雄,归路是唯一的出路,唉,入路。另一壮阔的力作是二〇一一年同一主题的《鱼贯而进》与《宝鱼巡礼》:前者篇幅为210cm×420cm,后者更加长为

160cm×1260cm。这"数大为美"的美学，是从水石相生的主题发展而来，可以说是对濒临绝种的樱花钩吻鲑的颂歌。这些才是"我爱台湾"不落言筌的奉献，非徒呼口号所能及。

二十一世纪之后，林惺岳新作不是仅仅怀念旧日的农村，像《天佑花莲》那巨幅所绘，更见落实于水果系列，因为歌颂木瓜、杧果、莲雾、香蕉，就是对台湾土地生命的感恩。画展入口所悬的"爱文种杧果丰收季"令我大为感动。在浓密树荫的背景上，成串的杧果，饱满而又鲜活，预告着丰收，保证着甜蜜，从多胞胎的杧果树上，垂垂挂下。每一胎杧果，迎日的上部已经红润得十分兴奋，但下部则仍然发育，有待成熟。这幅果园颂博大而热烈，篇幅达到218cm×334cm，真是耐看。

《国色天香》和《先知的盛宴》两幅巨制，都有禽鸟飞来饱餐木瓜，前一幅的饕餮客，两只尾长于身的神气蓝鹊，正把肥沃的木瓜啄破，准备大嚼一顿。如此的丰收，如此的馋相，引发多少谐趣，真令人会心微笑，满怀喜悦。

惺岳的水彩画，虽然难比他的油画那么厚实凝练，却别具抒情潇洒之美。以凤凰木、红叶林、初夏树林为主题的几幅，都富于诗意。《独姿》一幅，树干在近根之处就勃发出矫矫如虬的巨柯，一树充沛的元气真是壮观。

二〇一三年六月

野心与良心

莎士比亚一生写过三十七本戏剧,其中有十一本悲剧,分量应该不下于贝多芬的九大交响曲,但在当代演出的频率,恐怕还高于贝翁之作。而就此十一本悲剧而言,历经公认为杰作者,有《哈姆雷特》《奥赛罗》《麦克白》《李尔王》四本。其中前二者取材于欧陆的故事,后二者取材于英国本土,尤以《何林塞编年史》为主。

《麦克白》是莎翁后期之作,写于一六〇六年,成书则在他身后,出现于一六二三年对开版的全集。在伊丽莎白时期,剧本多为演出而编,不但校对草率,就连作者属谁也欠明确。此剧后经莎翁同时作家米德尔顿(Thomas Middleton)润色,而在演出时更加入歌舞之类以讨好观众,甚至一说是取悦君王詹姆斯一世(James I,亦即苏格兰 James VI)。

莎翁名高,作品又富,后世作家攀附自多,改编原著者源源不绝。例如《哈姆雷特》一剧，有两个配角 Rosencrantz 和 Guildenstern，原为王子同学，甘愿卖友求荣，竟承新王之命密监王子；这么一个小插曲就有人据以编出一出新戏。

《麦克白后传》（*Dunsinane*）就是从《麦克白》一剧转化出来的新戏，改编者是格雷格（David Greig），二〇一三年八月的新版。为了明了格雷格的《麦克白后传》，让我们温习一下莎翁《麦克白》原剧的情节："古苏格兰王邓肯的朝代，有两位大将麦克白与班柯（Banquo），平定了与挪威军队勾结的本国叛军，班师回朝途经荒野，遇见三个妖婆，预言格拉密斯伯爵麦克白即将接任考道伯爵，未来更将成为国君。又预言班柯虽非国君，未来却会生出无数君王。麦克白闻言心动，将此事告诉妻子。麦克白夫人野心更大，不断催迫丈夫密谋弑君。正值邓肯奖励麦克白，在侍从簇拥之下临幸马府，当晚竟遭麦克白刺杀。马夫人将邓肯的血抹在侍从的脸上以便嫁罪。

"邓肯国王的两个王子，玛尔孔与唐拿班逃亡出境。麦克白又遣人杀害大将班柯，以绝妖婆预言班柯后人继承王位之途，但班柯之子弗里恩斯（Fleande，亦即英王詹姆斯一世之先祖）亦逃脱。麦克白为班柯之冤魂所祟，举止可疑，朝臣渐渐散去。新后良心不安，时时洗手，自觉阿拉伯所有的香料都无法熏香血腥，终于自尽。

"苏格兰副将麦克德夫与王子马尔康逃至英国，请得大将西华德率一万精兵北伐，去平定苏格兰之内乱。三妖婆警告麦克白，娘胎所生之人子伤害不了麦克白，他将长保不败，除非柏南大森林会逼近丹新南高堡来袭他。这些预言表面若吉实则为凶。杀麦克白的麦克德夫是剖腹取出的。而柏南大森林逼近丹新南堡的幻象，则是英军人手削一树枝执以进军所造成。贪婪的野心家因误解预言终于自误。

"暴君麦克白杀害了麦克德夫所有的家人，并引兵出堡迎战玛尔孔及借来的英军，但大势已去，服从他的苏格兰诸侯纷纷投向玛尔孔的阵营。麦克白孤军出堡奋战，终于为麦克德夫所诛。邓肯之长子玛尔孔也终于登上王位。"

格雷格改编的莎剧《麦克白后传》就以麦克白多行不义、众叛亲离、误解预言、终于受戮启幕，而最大的改变却在篡后麦克白夫人，她并未悔罪自尽，反而色诱英军统帅西华德以自保，并且随机应变，同意改嫁邓肯长子玛尔孔，成为新后，认为玛尔孔会沦为弱君，不足以统治苏格兰诸侯，所以英军必须留守，以待西华德遍洽诸侯，统一乱局。于是英军四方搜索，必须获格如娥赫之子以除后患。唯苏格兰人坚决不肯指认她的孩子。西华德乃大屠苏人而滥捕苏童，引起民间反抗，西华德长期留守苏格兰，遂有归意。占领区的人民与占领军之间不能相安，时局非常紧张，西华德部将伊甘（Egham）也认为主帅的措施过于残酷。占领邻国，固然是战争行为，统治占领区，就要靠政治了。

莎翁的《麦克白》原作，乃一大悲剧，处理的是犯罪与悔罪的心理挣扎：鼓动犯罪的，是野心；事后悔罪的，是良心。三妖婆的预言鼓动麦克白于前，悍妻的教唆逼迫麦克白于后。但终于，麦克白夫人的野心虽强，却难敌她良心日夜的谴责。麦克白则被妖婆的预言一误再误，身败名裂。

　　莎翁的悲剧，人事之是非分明，天理之报应不爽，麦克白夫妻说得上是天怒人怨。格雷格改编的《麦克白后传》让格如娥赫活了下来，来收拾苏格兰内乱的残局。麦克白休矣，但邓肯钦定的继位人玛尔孔也赢得不算光明正大。新朝的权力结构，一半是由邓肯的血统继承，另一半却由叛臣兼凶手的共犯分享。《麦克白后传》的政治充满了妥协，胜利者是利益交换的"马基雅维利主义"（Machiavellianism），还是姓马，一笑。倒是英军统帅西华德，先是用树枝遮掩的惑敌战术，智取决胜，后则苦心想在诸侯间达到和平共识，而在用武不成杀格如娥赫之子又不忍的矛盾下，终于放下一切，诚所谓 a farewell to arms。

　　《麦克白后传》虽非传统的希腊悲剧，却活用了其合唱队的仪式，将全剧分为春夏秋冬四大幕，以象征经年之内乱，与苏格兰人之不够团结、英国援军之徒劳无功。第四幕《冬》结束前，西华德把婴孩还给了新后，然后四大皆空，把荒寂无际的雪地还给了苏格兰。

　　至于莎翁原作那三个预言惑人的妖婆，为伊丽莎白朝剧台平添了神秘与不祥的气氛，在改编剧中去了何处呢？原来她们变成了新后的女侍。在莎翁原作中，她们都是魔头赫卡忒（Hecate）的从者。

　　最后，如果有人要问《麦克白后传》的主题为何，有何影射，该如何回答呢？此剧的主题该是战争与和平，不过两者是政治的延伸：一国之内分成敌对的两派，就引起内战；两国交战，互有输赢，得就战况讲和,就是办外交了。麦克白夫人,也就是格如娥赫,在改编剧中既不发疯也未自尽,却变成心机深沉、随机应变的厉害角色。为了政治,她可以勾引占领军统帅以自保。但她对西华德并未动情,因为要保住政权,她也可以和玛尔孔联姻。所以最后西华德只好解甲而退。西华德的身世是英国北部与苏格兰交界的诺森帛伦伯爵,其封邑地正是国防重地。

至于影射,此剧本就采自信史。三妖婆所以预言双关,台词所以用到盖尔古语(Gaelic),场地所以包括丹新南(Dunsinane)、因弗内斯(Inverness)等,都涉及苏格兰史,尤其是迷信鬼神的苏格兰王詹姆斯六世(亦即英王 James I)。改编剧之作者格雷格与中东一带文人久有交往,如有影射第三世界政局,也有可能。此剧之出版,近在二〇一三年八月,也许有人会联想到美国屡次出兵去干预外国。

莎翁原著的《麦克白》是一大悲剧,格雷格改编的《麦克白后传》还不足当悲剧之称,只能算是讽刺剧、虚无剧、荒谬剧。但是台词之鄙俗,性暗示之猥亵,则当代之改编剧更甚于古典之原著。至于麦克白悲叹人生有如傻瓜说故事,不胜慷慨激愤,却毫无道理可言:那样精彩的片段怎能求之于当代的俗话?

二〇一四年五月

宁让科技秒杀？

二〇一五年十二月十六日，全球行动互联网会议在台北召开，文橱先生召我去台北出席备询。我既不上网，更不使用任何款式的手机，原来毫无资格出现在这种场合。啊不，他们召我去，只是要责问我，处此"秒杀"的科技社会，我何以竟能顺利过日子。我说，收发 e-mail，在家有我女儿操劳，去学校也有两位助理可帮忙。我两免了。倒是互联网赚得盆满钵满，无往不利，无远弗届，可是你们快乐吗？这问题好像他们从未自问过，一时难以回答。我说，科技席卷天下，似乎应有伦理来检验、控管。

儒家强调修身齐家，如今家人共居一室，每人都低头与远方交流，可谓心不在焉，神不守舍，可悲也。至于道家强调天人合一，人原应往来于天地之间，但如今上网者终日只解面对模拟的空间，不知日月山川为何物。

科技如此紧逼相催，当然不免引起反动，若干有心人乃发现：要快活，就得慢活。慢饮工夫茶，慢行看台湾，都是佳例。

所以我说："科技催未来快来，文化求历史慢走。"但愿世人细味吾言。

二〇一五年十二月

远念黄国彬

在我拥挤的书柜上，常年斜靠着一张照片，背景是倚着晚霞的鹿山，前景是站成一排但只见上半身的四个文友：依次是黄维梁、梁佳萝（梁锡华）、余光中、黄国彬；绰号是"沙田帮"，风格是古今不拒，中西并容，授课范围是横跨中文系、英文系、翻译系。这张照片在我心中的分量，不下于我早年在台北的另一张合照，也是站成一排，依次是夏菁、吴望尧、余光中、黄用，身份当为以诗结缘，不像沙田帮以文会友。

沙田帮除我之外，其他三人的才学各有可观，各有胜过我的长处，令人钦佩。能身在其列，我深感自豪。那几年大家意气风发，我曾戏称帮中三杰为"黄梁一梦"。现在却久已天各一方：维梁在深圳，锡华在加拿大的埃德蒙顿，国彬在加拿大的多伦多。三人之中，数国彬最谦虚，最不擅长（也不肯）自我宣传。所以接到维梁寄来

远念黄国彬

由香港天地出版社推出的《黄国彬卷》一厚册（逾六百页），我特别高兴。维梁为了编这本书，写了一篇三十六页的长序（约为两万两千字），对国彬的诗文评译有精当而详尽的论析，甚至说到国彬允文允武，还说他的名字也不妨改为"黄国斌"。其实这改名之想并非妄念，因为国彬曾多年保持港大的游泳冠军，又真的学习过搏击之武术，踏踏实实可称文武全才，所以在冰上滑跌也不致狼狈到四脚朝天。此外，黄国彬在翻译上也成就不凡：二十年埋头苦干，译出了但丁的《神曲》，其后更译出了莎士比亚的杰作《哈姆雷特》，两者都是前有长序，后有详注，功力过人。

我所以推荐这本《黄国彬卷》，倒不是因为其中有《明日隔山海，世事两茫茫——送别余光中》一章，对我颇有好评，而是因为此章详述了"沙田帮"方阵组成的经过，而且记录了我如何逢场作戏咳唾随风说了的一些难忘的话。那些话事过境迁，连我自己也忘了，国彬却不甘任其随风而去。例如有一次他和我在天星码头发现有一艘可疑的俄国邮轮，我惊讶地悟出船头的 Максим горький 原来是高尔基的全名，遂沿着码头疾奔，窥探船上神秘的真相。此事实在不凡，但日后我竟忘了，若国彬不记下，也就船过无痕，香港之为国际自由港，也就少了一个例证。

二〇一六年十二月

第四章 诗心画境通茶香

涩极而润，苦尽甘来

何怀硕手中的那支健笔，不但能画，而且能文。他的书法也很俊逸：三十年前为我所写的黄庭坚水仙诗，一直高悬我客厅的显处。何怀硕当然是卓越的名画家，也是犀利的评论家，笔锋所至，广阔的题材如生命与社会，专业的领域如中西画史与画家专论，无一雄辩滔滔，趣谈娓娓，动人清听。

到一九九八年为止，他的著作已有十三册，但其中有部分重叠，而一九九八年所出的《怀硕三论》，即《孤独的滋味》（人生论）、《创造的狂狷》《苦涩的美感》（合为艺术论上下卷）、《大师的心灵》（画家论），当为他一生评论的核心。加上二〇〇三年新出的经验之谈《给未来的艺术家》，评论家何怀硕的成就相当可观。

《给未来的艺术家》令我惊喜，因为所附的插图令人大开眼，不但有中西现代画的名作，还有当代日本与中国的佳作，大多为我生平初见。而尤其令我兴奋的，是其中还包括何怀硕的最新作品《梦幻金秋》(二〇〇〇)与《观音山》三幅(二〇〇三)。另一新作《川端康成》(二〇〇三)肖像，继以前的《吴昌硕》《齐白石》《黄宾虹》《杜甫》之后，说明了何怀硕的人像画另有胜境，不容他当行本色的山水画完全遮掩。

《孤独的滋味》是何怀硕的人生论，是他从中国台港报刊所写的专栏中选出的六十六篇文章，题材自宗教到文化，美容到嗜好，自由到自卑，悲观到快乐，有的形而上，有的尘世间，有的说理，有的抒情，显示作者兴趣之广，学养之富。大致说来，作者的态度是严肃的，却不时透出幽默，甚至冷嘲热讽，有时更正话反说，大做翻案文章。例如《说减法》一篇，就指出现代人物欲太重，凡事贪多，反为所累，所以若求心安理得，就应舍无厌的加法而行有守的减法。又如《说自由》一篇，开端就跟卢梭抬杠，径说"人乃生而不自由"，因为时代、地区、家庭、体质、相貌等都已先天注定，不由自主。又说人之一生，孩时固然不能自主，老来又何曾能得自由；中间的青年与中年更是难关重重，沦为虚荣与贪念之奴，所以自拯之道只有在精神上超越这种种束缚。

何怀硕的文笔大致流畅自然，不时有警策之句；说理的时候不沦于单调，故有理趣，而抒情的时候则更见生动，富于情趣。例如《说今昔》这一段：

我们无法证明现代人爱情的"幸福"比古人更多更美

更好，但我们能够证明过去的爱情更深、更痴、更持久、更专一、更伟大。我们的"物证"是过去留下给我们的情诗、情书、爱情故事比现代更多、更动人。

《说食色》一篇，在布局、条理、论析上十分紧凑、明快，但在细节的描写上却生动、活泼，洋溢着谐谑的腔调，可称幽默小品之绝妙上选。这种文章最难把握分寸，稍一逾越就会坠入恶趣，但作者采用简练浅明的文言，忍住冷面故作正经研讨之状，而读者却忍不住，早已爆发笑声了。且看此段：

> 饮食之行为，不论如何恣肆，也只是口舌齿牙之动作。粗俗与文雅，属于个人风度，大体而言尚能维持文明社会之基本要求，故饮食可行之公共场所，且可集体享用。性爱之行为则大异其趣。裸裎相向，性器交锋，全身动作，汗流浃背，甚且呻吟号呼，地动山摇。故注定其只能由当事之两人，行之于密室。

《说昼夜》一篇其实以夜为主，简直是夜之颂，也是一篇上佳的抒情散文。文章一开始，就引《创世纪》之说，说蒙鸿之初，渊面黑暗，神说要有光，光乃诞生，可见夜之存在先于白昼。文章及半，散文的宣叙调变成了诗的咏叹调："夜也是鬼魂、精灵与一切神秘诡怪与幻想的发源地……如果说白天是儒法的世界，夜晚就是老庄的天下；白天是政经法商，夜晚是玄思、诗与艺术；白天是纪功碑，夜晚是忏悔录；白天是媚日的向日葵，夜晚是悄然自开的昙花。"到了文末作者更沉痛其词："我不大敢看钟表，一看到凌晨已数小时，黎明在即，便觉得好像门外有拿着手铐的'差人'要将我捉拿，回到白昼的现实世界中去服劳役。"

凡此种种足以说明，何怀硕不仅是人生世态的评论家，更是相当出色的散文家，甚至颇具抒情散文家的潜能。其实中国艺术的传统本来就有"画中有诗"之说，非但画境有诗，抑且画上常常题诗，所以凡有中国文化修养的画家，本质上都是诗人，而会写抒情散文原很自然。所以在《绘画与文学》的长文中何怀硕就说：

> 诗为"精神理念"与"感性形式"之中庸，为客观艺术与主观艺术两端之和谐的结合。所以，我以为诗为一切艺术之灵魂。但这样说，似乎说一切艺术只是一个躯壳，我不是这个意思。换一句话来说，其他艺术与诗在最高精神上是殊途同归。

我曾有《缪斯的左右手》一文，比较诗与散文的关系，结论是："诗是一切文体之花，意象与音调之美能赋一切文体以气韵；它是音乐、绘画、舞蹈、雕塑等艺术达到高潮时呼之欲出的那种感觉。散文，是一切作家的身份证。诗，是一切艺术的入场券。"此意与怀硕之说当可互相印证。

怀硕的艺术上下二卷，体大思精，是他专业评论的扛鼎力作。其中的五十多篇文章里，有些地方会相互重复，但是不论研讨的是艺术的本质，艺术与其他领域的关系，中外艺术史观，或是个别艺术家的评价，何怀硕的论述都"吾道一以贯之"，基本的信念谨守不渝，那便是：一位艺术家努力的方向，应该是在民族性的本位上发挥自己的个性；如果越过民族性而要追求所谓的世界性，则不但民族性会被架空，而且会发现，所谓世界性实际上只是文化帝国主义泛西化的幻觉而已。但是在另一方面，中国绘画的传统累积既久，陈陈相因，对现代画家的压力太大，无论在题材或技法上都必须突破，所以向西方借石攻错亦为生机。不过，取法西方只是一种手段，不能误为目的，否则就会丧失自己的民族性。同时也不必赶着西方的潮流一路追踪步武，成为西化之奴。中国绘画需要现代化，但西化不等于现代化：西而不化，就不能为现代化带来生机。美容，毕竟不是变化体质的健美之道。正如何怀硕在《说美容》一文中所说："过度'美容'的后遗症就是'毁容'。"他更指出，改善中国绘画之道，也不尽在向西方取经。例如沿袭日久的文人画，养成了以简驭繁，以逸待劳，以不画为画，以留白为含蓄，以文人名士遗世忘俗自高，甚至沦绘画为文学雅趣之附庸。于是豪杰之士力图自拔，而有吴昌硕与黄宾虹向金石的铁画银钩去求古拙，任伯年与齐白石向民俗的江湖市井去求天真。

何怀硕的结论是：传统艺术要现代化，外来艺术要本土化。这信念与我在文学上一贯的主张完全相同。

除此之外，艺术论中另有一篇力作值得注意。《论〈抽象〉》一文长达二万五千字，正本清源地析论了所谓抽象的本质与来龙去脉，结论是抽象亦象，不过是世人少见多怪的显微微观或放大宏观而已，所以原则上也是具象的一种而非具象的反义。何怀硕继而指陈几何抽象画与表情抽象画之得失，担心所谓抽象画如果完全抽离了人文精神，势将沦为冷漠或纷繁的形式主义，不能感动观者。近年来我自己对抽象画与具象画之相对价值也已有不同的看法，认为具象画中如西方布鲁果的《雪中猎人》(Pieter Brueghel the Elder: *Hunters in the Snow*) 或中国范宽的《溪山行旅图》，其博大深沉，仍是任何抽象画不能企及。

《大师的心灵》一书是何怀硕的画家论。此书使我受益匪浅，不但可以认识中国现代画个别的大师，更可进而窥探百年来中国画史的演变。何怀硕在近百年来的画坛各家之中，严格选出了八位大师，依次为任伯年、吴昌硕、齐白石、黄宾虹、徐悲鸿、林风眠、傅抱石、李可染。

八位大师均已作古，所以画坛地位较易评价。论籍贯，八人依次来自山阴、安吉、湘潭、金华、宜兴、梅县、南昌、徐州。其中浙江三人，江苏二人，其余湖南、广东、江西各一人；几乎都是南方人，而以江南最盛，占了一半。论年寿，除任伯年（五十五）、徐悲鸿（五十八）、傅抱石（六十一）三人未登耄耋之外，其他五人都过了八十，而齐白石、黄宾虹、林风眠甚至都过九十。因此何怀硕强调，长寿对大画家的自然发展，积渐为雄，实为重要的条件。他更指出，李可染生平的杰作大都成于四十岁到六十岁之间，其后二十年并无进境；但是黄宾虹一生的修炼，却要等到八十岁以后才灿然有发，臻于他自许的"浑厚"与"华滋"。

何怀硕所选的这"八大"正好可以分成两代：前一代四人的年龄较为接近，其所以伟大，取法于西方者少而得益于主流传统之外的中华文化者多，可谓善于借俗反雅，或借远古以反近古。后一代四人的年龄显然与前一代差了许多：徐悲鸿就比黄宾虹小了三十五岁，但比李可染只大十二岁。而更大的差异在于，后一代毕竟去古更远而于西更近，所以对中国艺术传统的反省，得益于西方艺术的外援者较多。徐悲鸿得之于西画者，以印象主义以前的写实主义为主。林风眠之外援则得之于印象主义以降。以林比徐，显得"现代"多了。何怀硕独排众议，认为徐悲鸿虽不够"现代"，却将循序而进的写实主义之扎实功夫介绍了过来，未始无功。傅抱石的外援却来自日本，颇受日本近代画家中经过中国水墨画熏陶者的倒流冲击。同时，傅抱石在日本留学，也认真地学了西方的素描。至于李可染，"黑、满、拙、涩"的画面也常见明暗对比，浓墨之中，每有神秘的水光树影，也隐含了西画的技巧。

何怀硕对自己所选的"八大"，从小就已敬爱有加，及长，更在感性的羡慕之外再加知性的钻研，因而行文之际学术的评析尽管严密，也难掩笔锋流露的深情。这八篇专论，简明深刻，虽然没有学术论文必备的注释，却都是扎实的好评论，也是生动的好散文。我读了两遍，深受感动。

尽管如此，在篇末的价值里，何怀硕在盛赞之余，仍不忘指陈大师的缺失。例如对李可染的评价，就指出他晚年实际上是不进却退，但是立刻说明有此现象的原因。最后何怀硕表示，李可染的技巧虽然圆满卓越，但人文精神的蕴蓄却相对稍弱。他说："最好的艺术作品内容的意义与形式的意义应该声气相应；如果有所偏侧于形式的开拓，只要有创造性、独特性，其价值还应得到某种肯定。基于这个观点，我几经考虑，仍把李可染列入近代大画家八人之一。"

不过，李可染虽然"通融"了，张大千却未能列入"八大"。何怀硕在序言里花了两整页的篇幅，来说明何以名满天下的张大千不能入列。他列举的理由我完全赞同。我认为张大千的功力实在神妙，于传统技巧他无所不窥，真是一大行家，不愧西文所谓的 virtuoso（无求弗熟）。像毕加索一样，张大千也是一位妙手空空的"神窃"，不过张大千技能通神，可惜画中无我，而毕加索却能窃古变今，为我所用。

看得出，怀硕深心最仰慕的，是傅抱石。傅抱石风骨高古，气质雅醇，于中国微妙的诗境最为入神，对怀硕的感召显然颇深。也难怪怀硕给了他最高的肯定。

《大师的心灵》一书，由一流的名家来细说他孺慕的前辈，诚然高明，但所附的插图也选得很丰富，可以大开读者的视野。例如傅抱石的那幅《湘夫人》，印证的诗境是"袅袅秋风，洞庭波兮木叶下"。那帝子绰约的风姿，那漫天降落的枫叶，衬着洞庭层层迢递的风涛，那种神秘的清淡高雅，虽然没有波提切利的《维纳斯之诞生》那么富丽、性感，但其微妙的魅力却不逊色。连屈原见了，怕也会惊艳不已吧。好在枫叶没用艳红着色，否则就堕入商业气息的陋俗了。

二〇〇四年七月于高雄

诗心画境通茶香

德亮好奇、耽美、率性、爱乡、怀古、忙得乐在其中，自然也有多种成就，可谓集作家、画家、摄影家、茶艺家于一身。其中论写作则兼擅诗、文，论绘画则兼擅油画、水彩；为了摄影和找茶，更走遍了中国台湾地区的茶乡和云南、闽粤之地，并远征日本、蒙古。尤其是云南，他深入茶香袅袅的丽江、大理、普洱、澜沧与易武。他的美感、灵感被一缕茶香诱引，引去了云南，不但找到了名茶，还找到并娶了一位美丽的云南向导。

他一直要我去他工作室看看，我当然答应，却忙到上个月才终于跨过他"工房"的门槛，面对满墙的油画，满桌的民俗艺品，满柜的茶瓮、茶罐、茶饼、茶砖。不但远看，还要近闻，闻之不足，更品之味之，感之赞之，事后追味，仍甘之津津。德亮告诉我，他的茶艺已经传授给太太了，所以那天下午，我们夫妻俩和中山女高的老师段心仪、中山附中的老师黄德秀，得以解馋细品的普洱名茶，都是他太太煮奉的。

不过天下哪有白喝的好茶呢？等茶入了我的枯肠，德亮忽然说，他三月中旬要出一本诗选《诗书茶画》，请我写一篇序。主人的甘美茶汁正在我体内沦肌浃髓，消滞扫淤，我怎能不欣然允诺呢？

这本诗选不但选自德亮已出的四本诗集，涵盖从《剑的握手》（一九七七）到《水色抒情》（一九九〇）的少作，更收进了近十年来的近作、新作。值得注意的是：从一九九〇年到一九九七年的岁月，他似乎搁笔了很久。只有在卷五"旅情"之中，才得见作者此期题咏旅情之作，如《夜过赤壁》《成昆铁道》《走过罗布泊》《乌鲁木齐》等篇。我自己写诗六十年，其间搁笔最久的淡季，不过十个月。如我推断不错，那几年德亮的作品，应该是转向绘画、散文、记游或报道去了。

因此一九九七年的两首悼亡诗，虽然都是十几行的小品，却说明诗笔停了七年之后，何以又再拾起。《六西病房》写诗人刚丧爱妻，剧痛未已，凄惶无告的心情。诗人一手握着妻手，而用另一只手拭泪，同时竟羡慕邻床女病人的丈夫，只因他瘫痪的妻子还可以让他长久地看顾。至痛之人竟羡慕长痛之人，这对照鲜明而反讽，并且突然而来，戛然而止，短而有力。另一首《晚餐》：

像往常一样
准时回家

时间的乡愁

> 与妻共进晚餐
> 聊天说笑
>
> 像是什么
> 也不曾发生
> 我继续说着笑话
> 只有不小心
> 滴落的泪水
> 在泡面浮肿的
> 保丽龙碗内
> 微弱地映出
> 妻的遗照

就像电影的镜头,回放往日的幸福,虚实不分,最后被一滴泪点破,突然停格,落实在墙头的遗照。此情此景,逝者已矣,生者何堪。这一对小品,语短而情重,可称迷你杰作。

卷一的《燕子》是作者二十一岁驻防东引所写,主题形象单纯,语言节奏清畅,也是好诗。同卷的《夜晚卫兵》到《狙击手》四首,均以服役期间的战训为题材,写得阳刚而具体,却又牵动袅袅的乡愁,以《狙击手》最为生动。卷末的《蟾蜍》成排陈尸于车道,天地不仁,造化无语,笔力凌厉而不留情,像不容废话的蚀刻,令人难忘。

卷二的"水色"系列四首，分段工整，语言纯净，笔触轻灵，或在异地怀乡，或在岸边谈情，都是可读的抒情佳作。《水色浪漫》的末五行：

> 十二年前代课教员的你
> 今日地产商人的我
> 写诗已然奢侈
> 在本不该浪漫的岁月
> 画画也是

表现无奈与自嘲，而且一刀切入浪漫不起的地产商人，自怜兼自虐，低调得好，降高潮得有力。同卷的《写给爸爸》和《父母的话》，写游子怀乡的耿耿孺慕与感恩，十分动人。两诗均分三段，也都是前两段一起一承，而末段兼顾转与合，也擅营结构：《父母的话》三段的发展，恰好是正、反、合，合得无理而有趣。《鼾声》写小人物的无奈兼自嘲，低调而又反调，谐谑可爱。

卷三专写作者深谙的茶道，以《茶诗三首》与《藏茶》较佳，但合而观之，似未能尽抒茶情。也许这方面的体会，反而在谈茶的散文、杂文里宣泄了，未留余地给诗吧。

卷四的诗和德亮自己的画可以互相印证，可谓诗中有画，画中有诗。其实他在画作上面本来就常题诗，益增妙思谐趣，为富于民俗世情的画面提高人文的层次。德亮的画多不趋雅避俗，反而能够寓雅于俗，反俗为雅，既可摆脱名人画的刻意高蹈遁世，也可以使民俗艺术兼具哲理与个性。例如《砧板鱼之三》：

> 海洋的子民
> 不要等到
> 上了砧板
> 才开始怀念
> 海洋的
> 声音

不但是怜惜水族被人鱼肉，更有警世喻人的引申，暗示莫等环境破坏，人类遭劫，悔之恨晚。在与诗同题的画上，鱼就浮雕在刀砧板一样的厚木板上，形影不离，生死难分，令人印象深刻。同卷的《唇印》设想巧妙，有蒙太奇的效应，自作多情却招致自嘲自怜，技巧与我前文引述的《晚餐》一诗颇可相通。

卷五亦即末卷《旅情》各首，是台湾与大陆各地的记游之作，跨越的岁月前后为三十二年。其实当时的旅情、诗心，在德亮的许多风土摄影里已经跃然纸上了。像他在《人间茶》摄影集中的《水乡茶楼》《鹭鸶环抱的八卦茶园》《茶马古道上的马帮》《金瓜贡茶》《冬茶采摘》等杰作，原来就是不落言筌的好诗了。不过摄影的成就一半在造化，一半在人力，诗的成就却端赖"诗心自用，诗笔独挥"。卷五的《夜过赤壁》《成昆铁道》《走过罗布泊》《乌鲁木齐》四首各有佳妙，其中细节的生动描写与情节的开展，旅途的感触，夹叙夹议，若用散文来说，当也多彩多姿。

德亮的诗句短而精简，不像目前许多诗人那么冗长无度；句法也大致畅达明快，不像他们那么滥用回行，欲吐还吞；而事件、细节、意象，在他较为成功之作里，有颇知取舍，懂得省用。他的乡土认同与民族情感，兼容不悖。茶艺专精像他的人，当然是中华文化的传人，所以对屈原、诸葛亮、李贺，对于阳关、赤壁、塔里木、罗布泊也全都寄以想象，付之诗情。他从不惑于流行的、尖端的什么主义或显学。在诗坛上，他独树一格，纯吃茶。茶香于他，远胜咖啡香、玫瑰香、薰衣草香。

二〇〇九年三月

耿耿孺慕

张辉诚前后的两本散文集:《离别赋》与《我的心肝阿母》,主题虽然贴近,风格却十分不同,语言也形成对照。两书富于同质性,却又充满互补感。以主题而言,两书可称"孝子文学",不过听来太老派了,太不够酷。也可称"亲情书写",或是"孺慕告白"。以风格而言,《离别赋》写严父,塑造的是唐山老家一位木匠师傅,在解放战争期间被胡琏部队征兵入伍,历经古宁头之役与八二三炮战,终于以士官长排副的名义退役为荣民;其后重操土木旧业,辛苦养家,也屡经工伤,出入医院,卒以八一高龄。《我的心肝阿母》写的是慈母,云林葱子寮人,祖籍西河堂,出自河南,迁台始祖林圯原为郑成功部将,算是同安人。母亲不识字,比父亲小十九岁。本省女子嫁给荣民的故事(张辉诚戏称之为"番叶仔"配"外省仔"),穿插交错于两本书中,虽然因背景不同而争执不断,但夫妻的感情却十分深厚。

张辉诚的父子情不算和谐：不但因为父亲生活辛苦，性情严肃，而且由于话少，更少对儿子提起自己的身世。九年前父亲去世，为人子者不胜哀恸，孺慕难解，在歉疚的心情下专程去了一趟江西，像是偿了亡父还乡之愿，对自己也践了寻根之旅。更有意义的，是此行他得以亲访父执与族人，并核对黎川同乡会志与胡琏将军的回忆录，才能把父亲的身世拼凑成完整的图形。尽管如此，沉默而又低调的父亲，生前仍然把自己的祖传价值传授了好几种给儿子。为父的只读过两年书，在二十四年军旅之余，苦心孤诣，竟然能把中医汉药、三国故事、太极拳法、传统书法教给了儿子。张辉诚得此濡染，实在是虎尾高中之外难得的家教，甚至日后进师大也选了中文系所，或许正是由此肇因。

也就因此，《离别赋》的文笔比较文白互补，俾可承载大陆背景、华夏文化。另一方面，《我的心肝阿母》则把场景与关怀移到台湾，尤其是北起淡水、南迄乌来的台北县境，包括阿母百逛不厌的夜市、菜市、吃食小店、电玩场所，甚至缆车、渡轮。阿母童心未泯，游兴不浅，却因一身多病，不能爬坡或远足，同时内急频仍，也不能深入山野。她目不识丁，也不会说普通话，母子之间只通闽南话，所以《我的心肝阿母》散文集的"语境"是十足的乡土，尤其是阿母的口头禅，包括"我父我母""满台""三八囡仔""没孝啦、某生耶""未活啰"等。而"不通""会惊""细汉""真鳌"等，也屡屡出现。如此语境，固然临场感十足，乡土味到位，却苦了香港与大陆的读者。

《离别赋》加上《我的心肝阿母》，不但是作者双亲的"侧影"与"背影"，也等于作者的半部自传。作者写书的目标，求真多于唯美，扬善却未"隐恶"，超乎"为长者讳"的传统，对读者的态度是十分坦诚的，令我想到二十世纪中叶美国的"自白诗人"（confessional poets）。不过自白诗人比较悲沉，诗是写了，但悲情惆怅并未得以涤净，结果三位诗人（John Berryman、Sylvia Plath、Anne Sexton）竟都自尽。张辉诚的"自暴"在《离别赋》中虽也不无自咎自责，却更多孺慕，不尽是怨恨。《洗澡》一篇，先是父为子洗，继而子为父洗，充满了谐趣与敬爱，感人至深。《说书人老张》与《老张说三国》两篇，对父亲也止于淡墨揶揄，但无意讽刺，采取的角度是第三人称的侧影。

《离别赋》是缅怀生前，《我的心肝阿母》是承欢膝下。树欲静而风不止，《离》集满是无奈的叹息。亲虽老而子犹壮，尽孝端在眼前，《我》集却洋溢反哺的笑声。阿母其实不难承欢：她返老还童，好吃、好买、好玩，容易满足；同时健忘，能淡对沧桑；又不善计算，尽管不满儿子日奉五百，却欣然接受隔日零用一千。另外，她身兼数病，行动不便，一出门就叹"行路难"，总怪阿诚："我会乎你害死！"多病，久病，不免常上医院：阿母怕上医院，正如顽童怕上学。她怕体检、怕打针、怕治眼、怕整牙，实非听话的病人。她平常寂寞，见到阿诚就会唠叨起来；有时和邻人因失言而失睦，爱儿就得硬着头皮出面去致歉。诸如此类，不一而足。

但是这一切都难不倒今之大孝阿诚。子夏问孝，子曰色难。张辉诚一以贯之，奉行的孝道正是"孝顺"。阿母未尽之食，由他接下。母子比赛飞碟，他就放水装输。阿母盛气硬来，他就低调软应。阿母凡事絮聒，他就左耳入右耳出，当作耳福，充义务听众。同时还做到"婆媳分住"，自然免去边界纷争，更无厨房引火。另一绝招，就是用上肢体语言，和阿母牵手同行，或奇兵突起，来一个"熊抱"。遇上阿母天真不拘，把餐馆池中的金鱼捞起，或是参观林语堂故居竟然倦卧大师之榻，做儿子的总能处之泰然。

张辉诚说，小时母亲宠爱他，现在轮到他来宠爱母亲。他也坦承，对阿母的怀柔之策也并非回回奏效，但仍不失为最佳法门。由爱出发，总是大道。现代文学表现的往往是一个失爱、无爱的社会：进步的作家会强调阶级斗争，前卫作家会强调代沟与孤绝，地域作家会强调族群对立。张辉诚的这两本散文集，出之于人性的宽容与同情，益之以生动而幽默的笔调，洋溢着孺慕的光辉与赤忱，在人伦价值快速流失的当代，令我们读来备感惊喜。

这两本书在眷村文学之外、乡土文学之上，更拓展了当代台湾文学的天地。所谓"两岸交流"，其实未必从解严开始。也许更早，从江西老兵初遇云林村姑的那一天起，就怦然心动、沛然启动了。

二〇一〇年五月

选美与割爱

当代已知的唐诗总数，并不限于康熙年间所编的《全唐诗》，竟已超过了五万首。这一大笔财富是中华子女共有的现金，也是我们共同继承而免于缴税的遗产。阔，是真够阔的了。但是能清点库存的人并不算多，一般读者怎能全读呢？于是就有人来精挑细选，编出许多唐诗选集。二百五十年前（一七六三年，乾隆二十八年）蘅塘退士所编的《唐诗三百首》，就是众多选集中流传最广、影响最深的一部。结果是爱诗者几乎都读过了此书，甚至认定唐诗精华全在此书，有些人读的唐诗也就到此为止。但是唐诗之盛，岂是仅此三百首就能充分代表，而唐诗之妙，岂是坊间一般选集所能尽释？湖南著名古典诗评论家李元洛，为了延伸唐诗的赏析，乃另编了一部《新编今读唐诗三百首》以补蘅塘退士旧编之不足。此书之大陆版问世于二〇一二年九月。现在九歌出版社决定在台湾推出正体字

选美与割爱

新版，李元洛又将《新编》修订。我认为此书必将有益于台湾地区的读者，不但先睹为快，更乐于为之作序。

蘅塘退士之《唐诗三百首》（以下简称《旧编》）最显著的特色亦即优点，就是以诗体的演变来排八卷的顺序，始于五古而终于七绝，而每一诗体的作者又按年代先后为序。例如五律虽选了李白五首，却选了杜甫十首，相去还不太远；但是七律李白只得一首而杜甫却多达十三首，用力所在就判然可分了。至于王维，光芒虽不像李杜之炽，却各体皆备，入选首数也不少，当可见其多才。

李元洛的这本《新编今读唐诗三百首》（以下简称《新编》），分为自然篇、社会篇、人生篇、艺术篇四大单元，每一单元又各分为七个子题。《新编》之编排，不依诗体而依主题，也可见编者之苦心，但仅就目录却不知某诗属何体裁，略有不便。卷末如加上引得，当可解决。不过，以主题区分也另有优点。例如"艺术篇"中，咏"书法"者有诗四首，李白的《草书歌行》一首吸引了我。怀素笔惊风雨的艺术，不下于西方现代画的"即兴力作"（action painting），也只有李白能追摹其狂。其后一首竟是杜甫的《殿中杨监见示张旭草书图》，写得不像李白前作那么飞扬跋扈，却也比较稳健踏实："有练实先书，临池真尽墨"之句是客观多了。毕竟李白用的是七言歌行，而杜甫使的是五古。有趣的是：诗仙与诗圣来颂两大草圣，李白赞怀素，杜甫咏张旭，亦即《饮中八仙歌》中倒数第二位酒仙，简直像是在比赛。这却是《旧编》里罕见的书法决审。

无论谁来编选集，都会面临两难之境。此事犹如选美，有选必

217

定有遗。正面的乐事是选美，但反面的憾事，便是割爱了。李元洛《新编》三百首，原则上每一首都未入选《旧编》，但是不可能完全不选《旧编》选过的诗人。谁能够绕过李、杜、王维、二刘、白居易和一对小李杜而选出有代表性的唐诗呢？

我倒是为此做了一点统计，发现《旧编》的七十六位诗人中，遭李元洛"除名"者多达四十一位，超过半数了。这么多"落第"生包括了刘方平、刘眘虚、刘中庸、薛逢、裴迪、权德舆等人，原不足惜，可是陈子昂、王之涣、李颀、钱起、温庭筠等名家也在其列，就令一般"熟读唐诗三百首"的读者不习惯了。其中原因，或由于其人本就诗少，或由于其杰作已被蘅塘退士选走，或由于在《旧编》中已占尽便宜。例如王之涣在《全唐诗》中仅存六首；李颀在《旧编》中已经一口气入选五首七古，外加一首七绝；至于温庭筠，本为晚唐名家，有温李之誉，其实不如义山。

李元洛将《旧编》汰去四十一人，只剩下三十五人，但在《新编》中加入九十二人，所以《新编》共得一百二十七人。唐朝历时二百八十九年，《旧编》选诗三百零三首，平均每年得佳作一点零四首。《新编》选诗三百一十三首，平均每年得佳作一点零八首，出入不大。《新编》能称为新，不但加入了九十二位"新人"，也在于为留下的"旧人"另选"新作"。我也有统计数字可以做证。

《旧编》选诗最多的九位名家依次是杜甫（三十七）、王维（二十九）、李白（二十五）、李商隐（二十二）、孟浩然（十五）、韦应物（十二）、刘长卿（十一）、杜牧（九）、白居易（四）。白居易的作品以篇计只得四首，但以行计则《长恨歌》《琵琶行》至少应有十几首的分量，恐怕要排名在李商隐前后。

反之，《新编》选诗最多的诗家依次是杜甫（二十）、李白（十八）、白居易（十八）、杜牧（十二）、罗隐（十二）、李商隐（十一）、王维（十）、李贺（九）、杜荀鹤（八）。这不能不说是唐诗神龛的大重排，王牌的大洗牌。唐诗分期为初、盛、中、晚，若依此序，则《旧编》最前九家之中，初唐似无大家，盛唐得李白、杜甫、王维、孟浩然、刘长卿五家，中唐得韦应物、白居易，晚唐得杜牧、李商隐。四期的比重，到了《新编》里变化颇大。初唐依然无人，盛唐只留下儒道释三教的诗圣、诗仙、诗佛，中唐只有白居易、李贺，晚唐却有杜牧、李商隐、罗隐、杜荀鹤四家之盛。

《新编》新加的诗人，最醒目的要推张若虚与李贺。早就该如此就位了。李元洛此举，我不妨称之为"若虚不虚，罗隐不隐"，因为他不但把晚唐的罗隐、皮日休、陆龟蒙，在《旧编》之中所未见的，加上在《旧编》之中只入选一首宫词的杜荀鹤，都不吝大幅选入《新编》，同时多收韦庄之作，而于杜牧则于七绝之外更收纳其五、七言律诗如《九日齐山登高》。相反地，于初唐诗人如陈子昂、沈佺期、宋之问、杜审言，《新编》一概不收，而于所谓"四杰"也不收卢、杨。可见编者是有意要突出晚唐诗的贡献，而所收晚唐之作也在浮奢之外更侧重其感时讽世的一面。

此外，在李元洛的包容下，打油诗和口语诗也得到聊备一格的机会。女性之作在《旧编》只得一首，到了《新编》里却增为四首。

最大的优点是《新编》对每一首诗不但详加分析和解释,还"抛珠引玉",时常买一送一,甚至买一送三,多引该诗作者其他作品或摘句以相印证,有时甚至兼引"五四"以来新诗加以贯通。所以名义上虽号称三百首,实际上呈现在读者视域的应该超过千首。例如晚唐的杜荀鹤《秋宿临江驿》一诗,李元洛激赏其颔联:"举世尽从愁里老,谁人肯向死前闲",又引其另一名联:"空有篇章传海内,更无亲族在朝中"以供欣赏。"空有篇章传海内"句当自杜甫"岂有文章惊海内"句来,古典诗句"互文"成习,原不足怪。何况诗句"互文"之余,还有词家来化用诗家。

《新编》不但广引主题或遣词相近的古诗,有时还会引新文学家的"旧诗"来印证。例如下引郁达夫《秋兴四首》之一:

> 桐飞一叶海天秋,
> 戎马江关客自愁。
> 五载干戈初定局,
> 几人旗鼓又争侯。
> 须知国破家何在,
> 岂有舟沉橹独浮。
> 旧事崖山殷鉴在,
> 诸公努力救神州。

忧国之情慷慨激越,实在比他的新文学小说动人。抗战刚结束,他于同年（一九四五）九月在苏门答腊被日军所害，比之崖山的悲剧，同样可叹。《新编》屡用"五四"以来新诗来呼应唐诗，其实，用新文学作家或新文化学者如陈寅恪、劳思光的"旧诗"，该同样有效，甚至切题。

我自己读了一辈子唐诗，并未修炼成"也会吟"的功夫，更不如元洛之博览贯通，但亲近唐诗的心情从未转淡。近日更写了一组《唐诗神游》的小品，或顺推，或翻案，只为追求与唐人长相左右，挹其远芬。且容我录引其中一品，来印证唐诗启发今人永不休止的灵感：

应悔偷灵药

不死药至今仍然成谜
连不老药也仍待发明
星际，最美丽的逃犯啊
神话是最有效的庇护
有什么用呢，警告逃妻
追诉期早过了吧
后羿悬赏再重
也无法将火箭启动
一路引渡你回人间
伐桂的斧声太吵

时间的乡愁

蟾声又太含混
其实
不死药也医不了失眠

二〇一三年十二月

智取与情胜

面对陈家带的最新诗集《圣棱线》，读者当会发现有以下这些特色：他的诗在语言上出入古今，文白兼行。古的一面，又可析为常用典故、成语、对仗。《乌鸦的更正启事》一诗，就先后引入了艾伦·坡的《大鸦》和华莱士·史蒂文斯的《看山乌的十三种方式》，诗末更把"天下乌鸦一般黑"的成语颠覆。又如《失速的夏夜》，第一段就涉及痖弦与七等生，而第三段又令我联想到希区柯克、覃子豪、布朗宁。《冬日微笑》之中，成语也多达七个，其实题目也间接取自伯格曼的影片。典故与成语都常出于文言，如果都隆重地引用，身份自然显著。陈家带却一笔带过，就淡化而诉诸联想了。典故与成语往往出于对仗，这现象也常见于陈家带的诗，例如《梦工场》的前两段：

时间的乡愁

　　一
　　天空极简
　　蓝到不行

　　生命寂寥
　　淡出鸟来

　　乃有幽浮乌托邦之思

　　二
　　桃李樱杏
　　美得冒泡

"蓝到不行"与"美得冒泡"对仗得很有趣,但原属文言的对仗,此地却是用白话来说,而且是此刻在台湾流行的口语。这种巧拼而又陡降的趣味在《汉字风景》一诗中也有呼应：

　　九一一废墟的灰尘
　　飘落到慧能的禅宗厢房
　　本来无一物
　　何处惹
　　什么玩艺

徐冰的《汉字风景》，我也在香港的美术馆中见过，当时的感觉，是徐冰巧将中华书道戴上面具，令人似曾相识，却又有口难言，先是一惊，继而一笑，被骗得喜欢这骗子。我有口难开，陈家带却完成了一首绝妙好诗。

此外，陈家带的语言还有两个特色。他之有异于目前一般诗人者，至少有一半是由于具有如此特色。其一就是少用"的"字，另一则是少用尾大不掉的长句。中文目前的白话文，几乎所有的形容词都得用此语尾。例如"单调的""兄弟一般的""淑女似的""国家的""更好的"，在英文里因为形容词有语尾变化，大可说成 monotomous, brotherly, ladylike, national, better，却没有这么单调。"的"字往往避免不了，但少用与多用甚至滥用之间仍能见出高下。尤其在诗中，一行之中如果用了两个"的"或更多，就会显得冗赘。我自己写诗时，会尽量少用"的"，因此在改时，常把这冗字删掉，读起来反而简洁得多。

目前一般诗人常自命在写所谓"自由诗"，不但"的"字无力自律，而且爱用长句，每每一行长逾十三四字甚至长达二十字以上。这对无辜的读者（尤其是朗诵者）造成视觉、听觉和了解上的吃力。现代诗之失去读者，绝对与此有关。陈家带能自律，很少一行太长。更幸运的是他也少用回行。他在此集之中，还有几首诗，每行只有两个字。

以上所言都针对《圣棱线》的语言。以下容我再分析他的思路、诗路，甚至风格。据他向我分析，他的诗路正沿着后现代而行，但并不顺理成章,并不想一路走下去。我认为这就对了。从此集看来,他的来历尚包括现代主义之余泽,甚且古典与浪漫的影响。

陈家带的诗兼有感性与知性,但是如此分析,未免太笼统了。倒是在用心与风格上,不妨将他的诗分成"智取"与"情胜"两大类来谈。此处的"智",近于英文的 wit,也就是英国十七、十八两个世纪文坛所标榜的价值。"智"取的诗,动人情感的成分远不如动人惊喜之巧妙;《费里尼魔术》《梦工场》《汉字风景》《十二生肖练习曲》等作均属此类。至于"情胜"一类的诗,则应包括《乌鸦的更正启事》《极短歌》《钢琴课》《哀悼伯格曼》等篇。"情胜"类之作,作者比较投入,故较主观,同时形式也较单纯而有贯串。例如《哀悼伯格曼》一首,纯以瑞典电影导演伯格曼的代表作的名称,组成了一串感性生动的意象,在伯格曼、代表作、粉丝、我四者之间,造成四镜互映的幻觉,十分动人。又如《钢琴课》,虽然说的不是自己而是别人(学琴的孩子),诗体不是纯抒情而是叙事,却情感饱满而叙事生动,从"把身体出借给肖邦"一直到"大雪崩／无言的粉身碎骨",十分成功。相比之下,"智取"的一类诗,就没有那么"主题化",往往得寄托于因字生字,以词引词,要多靠联想了。

陈家带善于经营意象,常有出人意料的创意。随手拈来,就可以举出下列佳例:

  1. 枝头睡意浓密如松针。

  2. 大海弹奏它的蓝调。

3. 音乐是最温柔的母语。
4. 比风还快的剑比剑还快的花
   比花还脆弱的东晋王朝。

《西风颂》的题目虽借用自浪漫的雪莱,却是不折不扣的讽刺诗,用"西风东渐,远来居上"的来势压倒东风来批评目前的文化界,科技已经取代了文化:

苹果电脑
比苹果香
可口可乐不管
世界代言人

《极短歌》一首,乃智取一类诗之典型,不得不提:

君临天下
而臣服于天

口是吾的一部分
心是爱的一部分
人是你的一部分

时间的乡愁

  君临爱

  而臣服于爱人

二〇一五年十二月

为现代诗画松绑

1

大约在四十年前,罗青出版了一本奇特的诗集,叫作《吃西瓜的方法》,我读后深有所感,主动为他写了一篇书评,名之为《新现代诗的起点》。从此台湾的现代诗的写作,或多或少,就有了若干质变。当时所有的现代诗,不但在气质上多愁善感,与社会相当格格不入,在语言上也注重"张力",绷得很紧。罗青的诗在气质上却颇平心静气,对社会并无敌意,而语言上也放松了"张力",甚至有点诙谐,偶开玩笑。我写了那篇书评,是表示对新起点的欢迎,而非乐于发现又见一位新人,风格和我亲近,足证吾道不孤。我发觉,罗青的诗风在于主题贯串全篇,因此警句不多。与当时的现代诗形成对照的,是此前的诗,偶见警句,有句而无篇,失去了平衡。另一对照,是此前的诗,好引西洋诗的名句为副题,挟洋自壮。

2

诗心通于画意,所以后来罗青渐渐以画家成名。他的画意充盈了中国水墨的传统与西方创意的新锐。最动人的,是其实中盈虚,虚中含实,终于虚实相通,即虚即实,出入无碍,自由得令观赏者虚实相激,一面讶其可惊,一面又乐其可喜,这种来去自由,令人如看川剧之"变脸"。我最欢喜天真未泯的婴孩,兜其惊讶的绝招,是对他笑,忽然以手蒙面,忽然又缩手露脸,可谓屡试不爽。观赏罗青的画,我们就变成了小孩,被戏于川剧的变脸。看他的画,还买一送二,有不少"小确幸"。他善于利用中国画的传统,例如在画面盖印,以求其惊讶与平衡,让西方的观众误会用印处原来是画的一部分;又常于画上题句,增加意外的情趣;或将观众立足点提高,俯视得见马路在下面转弯,而椰树的顶枝顶叶,在风中飘摇。

3

罗青的画艺终于盖过了诗名,乃使楚戈顺着我的句法,刊出文章,且名之为《新文人画的起点》。当年我肯定罗青率先开辟新疆,其意不在引他跟上吾道,而在鼓励他独上征程。他的长征今日已明确可见。如今他回顾二十世纪台湾文艺的成就,不见唐文标那么悲观,评价那么负面;反而认为它贡献多元,触须敏锐,值得作家与艺术家们引以自豪。信心如此乐观,值得我辈高兴。

罗青历数他有幸得挹清芬的二十三位先进,感谢当年奖掖他的前辈,其中我较感亲切的,包括梁实秋、周策纵、林海音、高阳、席德进和我的叔叔余承尧。最后一人,虽血缘与我亲近,我存和我却不很感到孺慕,因为他乡情至上,而且重男轻女。每次来我家吃饭,总说我母亲的手艺远不如永春菜,尽失风度,怎能和高克毅、思果来我家做客时赞不绝口相比。但客观上,我们又不得否认他来台后把南管的艺术也传来,隔海成了"汉唐乐府",而且乡愁的画笔也寄愁于永春的青山,发展成"铁甲山水"的独创皴法。尽管如此,他过日子却安贫乐道,粗茶淡饭,不求功名,能写旧诗,也擅书法,一派老式文人的风骨,而衣着毫不讲究,简直近乎邋遢。

4

罗青这部回忆录,共写了四位老友:卷一《天真直率诗无敌》写纪弦,卷二《只许一人知》写周策纵,卷三《高板凳与矮板凳》写周梦蝶,卷四《试按上帝的门铃》写罗门。他回忆的这四人,也都是我的老友。如果我纵笔写来,至少得动用六千字。纪弦本来是

"文敌",当年在成功中学教书,他的诗风与诗论,尤其是"现代诗乃横的移植,而非纵的继承",语出惊人,使"渡海三家诗人"之二,钟鼎文与覃子豪感到不安,竟成立蓝星诗社以为抗衡。蓝星的作风比较中庸,对纪弦"飞扬跋扈为谁雄"的霸气,不甘认输,我在中央副刊上发表了一首诗加以讽刺。同时《文星》杂志也提供了宝贵的篇幅,让诗人们争议新诗西化的问题。其实,不久纪弦偏激的主张,也透过他主办的《现代诗刊》影响了我。同时,《现代诗刊》也一直对我有恶评。过了很多年,纪弦迁居去美国西岸,曾经领了我游览旧金山,完全忘记了和我交手论诗的旧事。老来我们重逢,他完全看不出有什么芥蒂,闲谈之中,有时兴奋得像一个小孩。最近我收到陈幸蕙主编的散文集《我只想回到自己的家》,其中有纪弦的文章《一只鸽子》。这才发现他的文体全然变了。以前在台北鼓动现代主义风潮时,他惯于文白夹杂,会写出"乃有我铜山之西应"一类的句子,暗暗地引起吴望尧的仿效。《一只鸽子》全用白话写出,生动地描写他跟一只鸽子的交情,令我非常感动。至此我对纪弦的看法全面改观,肯定他是一位不失赤子之心的老头。

5

卷二《只许一人知》追述的是旅美多年的学者兼作家周策纵先生。我和周先生没有深交,但对其人与其作品一向敬佩。罗青把周先生描写成一位诗魔,家中诗多成灾,无地自容,可想文人之家,无一幸免。我倒记起夏济安教授在台大宿舍的书桌如何书满甚至书溢的乱象。在他的房里早就需要一位厉害的女工来彻底清理。大约是在一九八一年,我还在中文大学教书时,即曾开车带了周公、黄国彬、我存去香港仔华人公墓苦寻蔡元培校长的葬址。后来三代诗人:周公、我、国彬各有一诗纪念此事。周公是两栖而跨界的诗人,能写传统的旧诗,也会像辛笛一般自由,写"五四"时代的白话新诗。不过周公更是学者,对"五四"运动史的研究,久已闻名。

6

卷三《高板凳与矮板凳》所追述的是作者和周梦蝶先生的交往。我和这位周公的交往,既深亦久,因为他是蓝星诗社的作者,不但在武昌街摆街头的书摊,做了"一人大学"的孤独国主,而且常一人去我厦门街的住家,蓝星诗人高谈阔论,他总是在旁静听,偶然加入。他是河南人,随军来台,后竟独来独往,成名之后,诗友多了,也就登了"明星"之楼。他不解英文,却勤读佛经与《圣经》之译本,博采众议,写出富于矛盾语法的新诗。就这样,粗茶淡饭,不求闻达于富贵,他过着独立而自由的日子。不过他虽自由,却不寂寞,而与女弟子们的通信,倒热闹得很。我先后赠他好几首诗,外加一篇短评(《一块彩石就能补天吗?》),他却有收无答。于是我终于向他抱怨,为什么"重女轻男"？痖弦也曾对我笑语："梦蝶是最浪漫的诗人。"尽管如此，他仍是纪弦以下最艰苦卓绝的诗僧，粉丝之多，不可思议。追思会在台北举行，我远在高雄，又在病中，未能北上亲悼，除在联副发表一诗外，说不出深心是哀其往生，或庆其脱解。

7

卷四《试按上帝的门铃》追述的是大罗（门）与小罗（青）交往的经过。罗门是一位很难分析的诗人，意象虽然好大喜功，却抽象到不够落实。因为书卷不够，而许多大而无当的意象，又往往与意念不相配合，令人迷惑。所以我对他自撰的缤纷术语，总是无法理出头绪，久之也就放弃厘清，更久也会只觉无奈。我发现，中文欠精的读者，容易陷入其中，莫能自拔，只能感到一层朦胧之美。罗青比我有耐心，因此较能发现大罗的佳妙，以及其中蕴藏的谐趣与想象力。例如他把泰顺街的住家布置成灯屋，名之为白宫。罗门对中国古典诗兴趣不大，所以引来引去，只有那么几句；他读的英文诗也非常有限。总之他能用的传统都存底颇浅。他非常自我中心，所以变来变去，大半是土法炼钢，筹码全是来自血肉之躯。罗门似乎一刻也不能忘怀自己是诗人，这在现实生活中引起很大的挫折。他进了医院，本应记得自己的身份是病人，而非"伟大的诗人"，结果他会拦下工作中无辜的护士，向她宣示诗歌的功德，并且展示自己写在海报上的大字作品。在许多场合如此宣扬自己怎么怀才不遇，连人才济济的大会上也愤愤不平地向群众表达他被冷落的不幸。罗青认为他广东话（实为海南话）的中文，像念魔咒一般，宣扬贝多芬或巴赫的真谛，其流畅而自得之声浪，将听众推入一道螺旋的迷宫。他为画展慷慨陈词时，也不逊于为诗传道。所以画展的请帖，曾印有"名诗人，心灵探测博士主讲"之句，以资号召。

蓉子不但是虔诚的基督信徒，也是一位体贴的妻子，但罗门蔽于自我的优越感，似乎并不欣赏，反而认为她的诗远远不如丈夫。真是人在福中不知福，反误会自己受尽了委屈。

8

《咽下一枚铁做的月亮》是罗青这本回忆录的"附录"，记录二〇一四年十月在深圳跳楼自杀的青年诗人许立志（一九九〇—二〇一四），因为留下不少绝命诗，而令举世震惊，且令罗青联想到当年由大陆来台的天才诗人杨唤（一九三〇—一九五四）。兹录广东籍的许立志遗作之一，以为印证：

悬疑小说

去年在网上买的花

时间的乡愁

昨天晚上才收到
实事求是地说
这不能怪快递公司
怪只怪
我的住处太难找

因此当快递员大汗淋漓地
出现在我面前时
我不但没有责备他
还向他露出了
友好的微笑

出于礼貌
他也对我点头哈腰
为了表示歉意
还在我的墓碑前
递上一束鲜花

这首诗可说是悄悄地,试按了一下上帝的电铃。

二〇一七年八月

第五章 由不惑到坚定

莫随瑞典老头子起舞

1

鲍勃·迪伦骤得二〇一六年度的诺贝尔文学奖，激起争论之多，似乎超过了海明威与福克纳。诺贝尔奖宣传之广，无远弗届，即使毫无奖金，也能名闻天下，财源大开。其实诺贝尔文学奖一直泽溉西方，不过偶惠东方。我们应称之为西方文学奖，不应誉之为世界文学奖，而随十八位瑞典老头子的咳嗽起舞。

诺贝尔文学奖颁赠迄今，已逾百年，得奖名单，颇有一些不孚众望而引起争议者，例如美国的赛珍珠、英国的吉卜林，甚至如丘吉尔与罗素，也予人"捞过界"之感。反之，大作家如托尔斯泰、康拉德、纳博科夫、哈代、伍尔芙夫人、普鲁斯特等却与诺奖无缘。所以诺贝尔文学奖是一项很不平衡的荣誉，坐令许多大作家、许多横海的巨鲸游过网外。

诺贝尔文学奖的长久优势，在于它的主办国是一个王国，不像其他的国家政局那么多变，而且颁奖场面是由国王亲临主持，更显得体面而且隆重。倒是此奖的颁奖词往往抽象而又空洞，大而不实，似乎可以安在许多空洞的主题之上。在标榜民主的国家，政治正确往往只享受十年，甚至更短，所以行之有年的诺奖显然成了老字号的"不倒翁"。败兴的是：即使在西方，此奖仍不免"死亡之吻"的恶名。海明威、川端康成都是此奖得主，纵有此奖加持，仍以自杀告终。高行健、莫言得此奖后，书虽畅销，却未获读者畅读。

2

在二十世纪中叶，鲍勃·迪伦与披头士风靡了英美，而且犬牙交错地彼此影响。鲍勃·迪伦在前辈格思里（Woody Guthrie）的启示下成为民谣歌手，后来又转变风格，徘徊于轻快的节奏、摇滚民谣、电吉他、酸摇滚、晕头乐之间，每次改调，虽有新听众热烈欢迎，却不免旧听众的排斥。一九六一年，他初出道，在卡内基演奏厅开音乐会，听众只有五十三人。但到了一九六四年，他的唱片集《时代转变了》（*The Times They Are A-Changin'*）一举成名。仅看这题目就可见他在革新之中仍不弃英文诗的古典传统。

3

　　这唱片集的题目如果按平实的散文说来，就是 The Times Are Changing，可是古典的英诗可以在一句话的主词之后加上代名词（例如 the times they），但仅此还不够，更可以在主动词之前衬以一个小小的 a，以满足诗句之节奏感，例如十七世纪骑士派诗人赫里克（Robert Herrick，一五九一——一六七四）的作品《有花堪折直须折》，首段如下：

> Gather ye rose-buds while ye may,
> Old Time is still a-flying;
> And this same flower that smiles to-day,
> To-morrow will be dying.

　　此处的 a，不是文法上的冠词，而是介词。赫里克的代表作《克琳娜过五月节》(*Corinna's Going A-Maying*)，题目里的 a 也是这个作用。其实，法文 à la carte 里的 à，也是介词，而非冠词。大而化之，英文里的 ahead、afloat、afoot、attend... 以 a 开头，皆有此意。

4

二十世纪六十年代中叶，鲍勃·迪伦和披头士是摇滚乐坛的两大磁场：比较当然难免，但也相当困难。首先，披头士是旗帜鲜明的乐队，而迪伦只是"个体户"，他和拜丝（Joan Baez）一同出现固然很出风头，却并未建立什么。迪伦和披头士好有一比，在于双方都是作曲、作词、演奏的歌手，创作丰富：根据《摇滚乐百科全书》(*Lilian Roxon's Rock Encyclopedia*，一九七一）的记载，迪伦在当时出版了九张唱片集，十张单曲唱片；披头士则推出了十九张唱片集，二十二张单曲唱片。迪伦的音调苦涩而狭窄，有时还加上口琴的孤单细怯；披头士则合约翰的阳刚、保罗的柔婉、乔治的印度迷幻于一炉，音域广宽而多元。我的偏好是把英国的"四少年"置于美国的"个体户"之上的。此外，我认为迪伦的魅力有其反战嬉痞的压力为背景，时代既然变了，这种魅力也要解魅的。我曾将美国当行本色的音乐家内德·罗勒姆（Ned Rorem）《论披头士的音乐》长逾万言的文章译为中文，收入我的文集《听听那冷雨》。关心的读者不妨参考。

5

二〇一六年诺贝尔文学奖颁给鲍勃·迪伦，颇出文化界的意外。他虽然名满天下，大家的印象中他并非文学家，而是一个音乐人，一个魅力十足的歌手。他是一位很有才气的 lyricist（歌词作者），但无人会认他为当行本色的诗人。披头士的约翰或保罗，在创作歌词上都比他强，也比他更善于想入非非，文采不绝。

二〇一七年一月

由不惑到坚定

一九八七年梁实秋先生病逝于台北。蔡文甫先生和我怅然若失，两人商量，应该举办某种活动，以彰梁公对现代中国文学的贡献。梁公在散文和翻译两方面均有重大的成就，所以我们创办的"梁实秋文学奖"就分成两项：散文奖和翻译奖。我就负责主持翻译奖项的译诗组：梁公是我一生志业的恩师，当仁不让，我不能不接下这一肩任务，并且邀请了彭镜禧和高天恩两位名家，组成历久不衰的"圣三位一体"。三位合作十分愉快，我也主持了二十多届，并无人前来"踢馆"。

九歌出版社已出书四十年。这些年来，我的书先是由洪范出版，后来就转交九歌印行。洪范的叶步荣先生账目清楚，按期报告销售数字。九歌核算版税也很认真。蔡文甫先生在这正规书籍惨淡经营的二十一世纪，竟然对我信心不减，一本接一本面不改色地出我的书。坊间将这些正经书美其名为"常销书"。时至今日，还一口气推出了我的诗集《太阳点名》《守夜人》；文集《粉丝与知音》《从杜甫到达利》。

孔子回顾一生，自谓三十而立、四十而不惑、五十而知天命、六十而耳顺。他阅世只有七十二年，还不足以论"古稀"之得失。九歌在文甫兄低姿态、陈素芳高效率的经营之下，今年也已臻不惑之境，在今日大力支撑文运的好出版社之中，值得我们庆贺。

我认识文甫兄，前后共历六十年，最初是由王敬羲介绍。敬羲兄才气很高，潜力很富，结果却是歉收，太可惜了。比起他来，文甫兄似乎有欠新锐，但行百里者半九十，沉得住气，终于丰收。文甫兄比我更长寿，也和我一样重听，现已退休，九歌大业的重任，落在后一代的肩头。

我认识素芳，当然较晚。其初她竟是温瑞安寨主的部下，与吾女幼珊是同僚。但是她成熟得很快：加入九歌之后，她在文甫兄信任之下，不但带大了九歌，也因九歌的磨炼而指挥若定。我在九歌出书，从封面设计到封底介绍，她处理得都很得体。这说明了她真是将吾诗读通透了。

九歌庆四十岁，另有一解，来自英文。forty 意为四十，但其引申语 fortitude 则意为"坚强不屈"。谨以此语为九歌祝福。

二〇一七年八月四日

蓝星曾亮半边天

蓝星创刊迄今，忽忽已逾七十年，后期由淡江大学中文系赵卫民教授接编。明年五月将有纪念活动。他要我写几句话表述感想。二十世纪五十年代，纪弦大力推广现代诗，并说现代诗应为横的移植，而非纵的继承，至于移植些什么，他强调应该是波德莱尔以降的西方现代诗。当时纪弦在成功中学教书，自有热切的中学生做他的后盾。此事令钟鼎文与覃子豪深感不安，终于在一九五六年夏天的某日去厦门街访我，旋即由三人与邓禹平、夏菁、蓉子、罗门组成蓝星诗社，要出诗刊，并推覃子豪任主编。

我一向认为，诗社的生命不宜超过十年，过此则容易结成帮派，互相标榜，并与社外的别派互相敌视，争议不休。我更认为，到了十年社员仍未成名，就得怪自己诗才不足或努力不够。总之，我认为不应视诗社为领土，而视诗刊为堡垒。

当时，除了纪弦的现代派，痖弦、洛夫的创世纪之外，蓝星所行乃中庸之道，一面要现代化，同时又不鄙弃古典的传统。其实此道也不好行：关键在于融古今中外于一炉，不但要学富，更要才高，成功的机会不大。

蓝星社大人多，唯组织发散，自由之中显得逍遥不拘，而且流动人口很多。七十年中折损率不小。钟鼎文、覃子豪、邓禹平、吴望尧、罗门、周梦蝶、王宪阳惜已作古。夐虹久已失联，被佛教引走。阮囊不羡名利，虽曾入我的 New Chinese Poetry，也颇久不见刊诗。蓉子老来失夫，不再创作。夏菁也年老多病，唯诗情仍盛，常在台湾《中华副刊》发表，并由黄用英译。张健心存故社，形之于文，令人难忘。蓝星的流动人口不少。若要周全，恐必须一提唐剑霞、曹介直、旷中玉。向明主编蓝星，辛苦多年，并创诗奖，影响大陆，功不可没。老夫年届九秩，幸而诗心仍跳，创作始终不衰，近年还推出了《太阳点名》《现代英美诗选》《济慈名著译述》，在《太》集出版后又有新作近十首。

古人一生留诗虽多，但往往多在唱和应酬，若是创作，就比较少。黄用小我八岁，一直是我的"后辈"，但现在也八十二岁了，不再写诗，只缩小世界，只限译诗，真可惜。

二〇一七年八月二十五日

第六章 天问

阴阳一线隔

今年七月,我家遭遇了突来的浩劫:生死之间只隔一线,长寿的代价就是沧桑,生几绝望,死亡的阴影却巨大而逼近。先是七月十四日我存血崩,进了高医,立刻留院急诊。次日我在孤绝的心情下出门去买水果,在寓所"左岸"的坡道上跌了一跤,血流在地,醒来时已身在床上,说话含混不清。再次日才能回答我是某人,身在高医。如此数日,夫妻各卧病床,彼此不明下落,其实似远却近。直到七月二十日,我才转入普通病房,次日我存也才转入普通病房,而且可以来探视我。有一段时间,她在高医十七楼,我则在高医十二楼。她住院八天,七月二十三日出院;我住院十六天,直到八月一日才出院。

二女幼珊住在近处,跟我们同栋异楼,已经三十年之久。四女季珊在温哥华教会工作,特从温哥华赶回中国台湾来,与幼珊分劳,轮流在高医照顾二老。三女在大陆讲学，闻讯也回台来分劳，长女珊珊远在美东，却因有一男一女需她照料，只能和三个妹妹保持联络。高医的护士均属一流，但有家人就近看顾，还是好的。

八月间二老都回家了，但我存还得按期回高医复诊，我左目开过刀，也还要按期去荣民总医院复诊。陈瑛瑛医师听我诉说近况，吃了一惊。亲友们知悉了我们的苦难，纷纷来"左岸"慰问，访客不绝。偏偏入院前我正忙于在九歌出版两本书：中英对照的《守夜人》和英译中的《现代英美诗选》。病后不得不抖擞精神，日夜赶工，十分紧张。《现代英美诗选》和《济慈名著译述》是我最重视的两大"译绩"，奈何时间紧迫，不容我慢工出细活，也无可奈何。

中华文化的传统，素有"三不朽"之说。立德乃圣贤之事；立功恐难垂之久远。我只能以立书自许。我有那么多书传后，也勉强可以自慰了。

二〇一六年

梦见父亲

1

近四五年来，我常常梦见父亲，却从未梦见母亲，不知她是否藏在潜意识更深处，轻易不会出现。但据通灵的傅瑜老师相告，在我掷筊卜卦时，母亲的灵魂也追随观音而来。果如此，则我的内疚当更深刻。因为五十八年前，她在台大医院临终前曾经嘱咐我："好好照顾你父亲。"

2

父亲曾经做过安溪"县长"，也在永春县做过"教育局局长"。

他认识母亲,是在"教育局局长"任内:当时父亲的普通话还说不清,更不懂从江苏派来的师范毕业生,也就是母亲,那一口江南腔的常州话。不过有情人终于超越了方言之阻,成了眷属。小时候父亲常不在家,不是宦游在外,就是忙于主持永春同乡会,不然就是为谷正纲的"大陆灾胞救济总会"出差,去海外接应各地的难民。父亲早年在国民党的"海外部"任职,后来转入"侨务委员会",多年担任"常务委员",清高而又低薪,每月只有五百新台币,而我台大毕业后在军中服役,担任"编译官",月薪却有八百。

抗战初期,母亲带我出入于沦陷区,备历惊险,母子同命,片刻不离。所以母子之间的亲切远胜于父子之间,亦即弗洛伊德所谓的"恋母仇父情结"。"侨委会"的省籍结构,是广东人多于福建人,而势力是粤高于闽。小时候我当然听得懂闽南话,后来去中文大学,广州话自然也不陌生。

3

一九四九年,我随父母从厦门去了香港,做了一整年的难民。父亲身上只剩了五千港币,不久恐将山穷水尽。我们和另外两家难民,挤在铜锣湾道某处的四层楼上,我睡的竹床白天收起,晚上才在走道上放下。香港大学的学制异于内地,我也不愿考进去,做港英政府的准公务员。冥冥之中,我知道自己将来会做作家。有一次我偶然发现苏联发行的一份英文月刊，英译的却是中国新文学的评析，便将之译成中文，投给香港版的《大公报》，竟得了五十元港币的稿费。我即买了三罐555牌的香烟送给父亲。

父亲认为我的大学教育，因战乱而停顿了一年，应该继续，以竟全功。早在我十二岁那年，在重庆乡下读南京青年会中学时，校方的中文课本虽也有选读古文，他认为不够，又教我加读吕祖谦的《东莱博议》和《古文观止》里的知性文章，例如前后《出师表》《留侯论》《五代史伶官传序》《谏太宗十思疏》《辨奸论》、上下《过秦论》等。我读了诸文，甚有启发，但更想读的还是美文。这方面的愿望，例如《赤壁赋》《阿房宫赋》《兰亭集序》《滕王阁序》《春夜宴桃李园序》《陋室铭》等，就由曾任小学校长的孙有孚舅舅来满足。那时我年幼多思，初通文理，所受启发极大：顿时明白，要成为新文学作家，这种根底的修养是必要的。

当时正值抗战，能畅读的书籍不多。家中有一套上下册的《辞源》，我翻来翻去，常对着"秧鸡"一类的词条遐想。而读到李白的诗句："羌笛横吹阿䚃回，向月楼中吹落梅"，也神驰不已。

南京青年会中学远在穷乡，图书馆藏书极少。渐渐，我深感与世隔绝，便开了一批书单，请在重庆市办公的父亲就近采购。隔了一星期，每周往返城乡的"交通工友"老赵，终于步行六十里路，挑了重担，送来内有我等待已久的几本书。我记得其中包括了林琴南译的第一本西书《茶花女遗事》和曹禺译的《柔蜜欧与幽丽叶》（即《罗密欧与朱丽叶》）。《茶花女遗事》以桐城派的文笔译出，我默诵再三,十分陶醉。曹禺是湖北省潜江市人,普通话有口音,不知为何竟把莎剧的 Juliet 译成"幽丽叶"。我收到这么多名著,兴奋莫名,但是父亲的同事们见了这些书,却认为都非正经读物,竟大摇其头,迸出一句:"唉,这样的爸爸!"

抗战胜利,我随父母回到南京,在复原的南京青年会中学毕业,同时考取了金陵大学与北京大学。金陵大学里我们有一个亲戚在职员部门工作,父母曾向其拜托。但北大是我自己考取的,据说数学只得十几分,但中文与英文都遥领他人。我乃振振有词,反驳父母,说我毕竟能自力更生。

一九五〇年自港迁台,父亲就命我去台大考插班。当时我心灰意冷,以为大陆易帜,前途未卜,不如离家工作,何必再入大学。同时,台大的师资会越过北大吗?何必退求其次。但父亲的美意不忍遽拂,终于还是报考了大学。

但是学籍仍有问题。一九四九年从厦门大学去了香港,父亲就坚持要我向厦大索取转学证书。证书到手,日期标的是公元一九四九年。台北师范大学干脆拒绝我申请考插班大二;台大的各院院长一字排开,审查考生资格。法学院长萨孟武只一瞥我的"伪证件",就嚷道:"凭这证件,我非但不能接受申请,还要劝你把它收起,不得招摇!"我大吃一惊,正进退两难,旁边的文学院长沈刚伯却把证件过目,说"这是非常时期,不妨通融"。凭了这句话,我终于进入台大,插班外文系三年级。

当时台大外文系的教授阵容,并不如我担心的那么差。文学院长是钱歌川,其女曼娜与我是外文系同班同学。外文系主任英千里兼擅英文与法文,有教皇册封的爵位。梁实秋在师大专任,也来台大兼课。台静农任中文系主任,黎烈文在外文系教法文,两人和鲁迅的关系不浅,但均不提往事。后来教我们翻译的吴炳钟,本职为军中文职的"上校",当时是台湾口译界第一人,对我的鼓励尤大。另外还有英语流利的赵丽莲,曾国藩后人的曾约农,擅长戏剧的黄琼玖,也都是十分称职的老师。幸运的是:"五四"人物典范未远,我竟能一一得挹清芬。傅斯年一九五〇年卒于台大校长任内。胡适曾出席我所译《中国新诗选》的庆祝会,并发表感言。罗家伦一九六一年率领我们从台北赴马尼拉参加文学研讨会。改革开放之后,我在中文大学会见了朱光潜、巴金、艾青、王辛笛、柯灵等;其后于一九九二年,应社科大之邀,又在北京拜访了冯至、卞之琳等前辈诗家。

回到一直关心我前途的父亲。我存一连生了四个女儿,做祖父的未曾一言表示失望。母亲逝世后父亲一直不再娶,才得长保家庭和谐。我存主持家务,她的革新父亲一概承受。终于多病的他,虽然长寿,却苦于风湿、失明、行动不便,只能靠一架收音机听一些新闻。我想他是深深怀念着逝世多年的亡妻的,但是并不常提起。这时我应该做却错过未做的,是坐在他的床边,陪他说话,甚至说些故事,回忆往事。他数度问我,是否做了中山大学的文学院长,似乎以此为荣。我却淡然回应,连更多的荣誉也不曾向他解释。中国人原就拙于对亲人表达感情,包括称赞对方或适时道歉。我应该做的，是抱住他瘦削的病躯，亲吻他的耳朵，告诉他不要怕，我在这里，不会走开。相信这样的接触，单凭下游的血回溯上游的血，他的恐惧和痛苦就会解脱了一半。有一次我扶他起来吃饭，他抓住我六十多岁仍然结实的肩膀，似乎吃了一惊，似乎令他发现自己已瘦到什么样子。

接近他大去的日子，他开始神志昏迷，口齿不清，会对着虚空嘶喊，也许是对着亡妻在诉苦吧。我应该抱住他的。他失智了吗？他以为是亡妻来接他了吗？我的罪孽有多深重，岂是"不孝"二字所能形容！

《琅琊榜》里，在狱中服毒自尽的祁王，临终时叹说："父不知子，子不知父！"父亲一生爱我，却不知我；我爱父亲，却也不知父亲。父子之间有代沟，并不足怪。我和父亲少有亲近，当然互不了解。在我中学时代，父亲见我不苟言笑，不擅交际，曾对母亲说："这孩子太内向了，不如去改读艺术系。"他大概以为艺术系的学生才够"浪漫"。这令我啼笑皆非。而在我这方面，许多事情也是后来自己身为人父之后才能参透人情世故，终能领悟，并且体会父亲对我的自私、自傲有多么宽容。

尽管如此，他仍然十分长寿，到九十七岁才溘然辞世。一九八五年哈雷彗星飞近地球，父亲告诉别人说，他十几岁时已见过哈雷过境。母亲只享年五十三岁，父亲高寿，又大她十岁，所以做了三十四年的鳏夫。

父亲辞世后，在光明王寺做了二天法事，火化后，王庆华端着骨灰罐，陪我们夫妻北上，将它安置在碧潭永春公墓母亲的墓侧，一墓二穴，从此永远和母亲并卧在一起。就这么，永别了我的前半生。只有在每年除夕家祭时，他们的遗像才会并排展现在烛火摇曳、香烟袅袅的供桌上。我写过一首诗，咏叹看父亲火葬的感触：

  难忘去年的今日
  是一炉炼火的壮烈
  用千条赤焰的迅猛
  玉石俱焚
  将你烧一个干净

  净了，腐败的肌肤
  净了，劳碌的筋骨
  净了，切磋的关节
  净了，周身的痛楚
  将你烧一个干净

  拣骨师将百骸四肢
  从炽热的劫灰里
  拣进了大理石坛
  轻一点吧，我说

梦见父亲

不忍看白骨脆散

就只剩这一撮了吗?
光绪的童稚
辛亥的激情
抗战的艰苦
怎么都化了灰烬?

正如三十年前
也曾将母亲的病骨
付给了一炉熊熊
但愿在火中同化的
能够相聚在火中

愿钵中的薄钱纷纷
飞得到你的冥城
愿风中的缕香细细
接得通你的亡魂
只因供案上的遗像

犹是你栩栩的眸光

4

"但愿在火中同化的／能够相聚在火中",如果以之与我的《五行无阻》一诗相互印证,当亦可彼此发明。五行相生,同"行"相通,也是玄学派诗人邓约翰的诗意所托。近年父亲的魂魄频频入梦,而母亲的却潜于潜意识的深底,像潜水艇一样深沉不浮。但愿有一夜父亲能说动她,带她一起入我的梦来,让我再度见父母同在,有幸变成从前的小孩。

二〇一六年丙申小雪

悼念李永平

小说家李永平九月二十二日不幸病逝于淡水马偕医院，噩耗传来，往事历历，令人感伤。永平和我，虽无深交，却颇有因缘。记得他在台大外文系毕业，留校任系内助教，身材高挑，原是帅哥。一九九七年香港回归的日期临近，当时在高雄中山大学任教的永平就让黄碧端系主任，邀余光中返台。黄主任又适时提醒李焕校长，应适时请余光中返台来西子湾。李焕事忙，约我在来来饭店吃早餐。他一口湖北乡音令我感动，同时早餐的地点偏名"来来"，真是巧合，次年我果然从香港返台。迄今我在高雄定居，已长达三十二年，等于我生命的三分之一。这一切缘分，均由永平开端。

后来，我果然来了中山大学，永平却去了东华大学。从此我们没有见面，但据说他变胖了，不复帅气。他著作很多，也多次得奖，且以身为中国台湾作家自豪。马华作家之中，他最认同中国台湾，并承认是中国台湾的环境造就了他。他对于小说的写作非常认真,有"文字炼金师"之美誉,骆以军和王德威对他评价很高。他的小说屡次荣获大奖,其中《吉陵春秋》曾由我写序,名为《十二瓣的观音莲》,此书的场景当然是设在他熟悉的砂拉越州。但是他当时并未向我点明,害我狂猜了好久。

据说他在加护病房,呼吸道刚一拔管,就回到普通病房振笔写其新作《新侠女图》,一口气竟赶出两万多字,尚未完稿,可恨的败血症却将他夺走了。

二〇一七年十月八日

忆初中往事

我在一九七二年写的一首诗:《乡愁》,迄今四十多年,读者颇多,引述者也不少,将之谱曲者也有几十人;首段就是:

小时候
乡愁是一枚小小的邮票
我在这头
母亲在那头

"小时候",约略指的是我的初中时期,而"这头"和"那头"究竟有多远呢?那时正值抗战年代(一九三七——一九四五),根本尚无手机,连电话在乡下也不方便,通信还得写信,并贴上邮票。整个中学时期,我都在重庆的乡下度过,读的是南京青年会中学,该校因战争由南京迁往重庆江北县（今重庆市渝北区和江北区）悦来场。悦来场是一个小镇，居民在两千人上下，在一般地图上很难找到。这所中学连高中也只有两百多学生，可是师资充实，教学认真，校风也很纯正，现在回顾，我真感幸运。

校长周瑞璋由教会送去美国深造，英文颇有造诣。他的公子周光熙也颇有气质，英文也好。有一年，我这一班是由校长亲自教的，课本里竟有几个字，是从"水仙花"（daffodil）转化而来，竟可分身为 daffydowndilly，非常好听，后来就再也没有看到这种分身了。

使我受益最多的，是教务长孙良骥。他是我们主要的英文老师，教课非常认真、专一，对我也非常鼓励，认为我未来必成大器。他念英语除了稍带南京腔之外，也很正确。对英文文法更分析得十分详尽，到现在我仍有这种功力，所以我班上的研究生也辗转得益。孙老师一生的大业，在于编一本中文成语的英译。一直到现在我遇到一句中文成语，都常想英文该如何翻译，才算妥帖。例如中文有"骑虎难下"的成语，最近我就斟酌，是否可译成 It is fatal to mount or dismount a tiger。现在的我，大概有本领成为孙老师此愿的助手了。孙老师个子矮胖，不免晚婚，同学们背后常称他"孙光头"，我从不"从众"，不过这样的"失敬"，在缺德的中学生之间，原很平常。我多么希望孙老师未遭"文革"之劫，能亲睹我日后中译的《现代英美诗选》。

回到《乡愁》的首段。在悦来场的小角落里，我每隔一星期要步行近一小时回家：从青年会中学走到悦来场，是平地，穿过那小镇,只要五分钟,然后沿着颇陡的五十级石阶走到缓缓的嘉陵江边,接着是江边的平旷沙地,如果走累了,就逆着江水,向北划游,我游得笨拙,幸好不到十公尺(约3.33米)就冲回岸来。艳阳高照,有时就坐在沙地上,掀开亚光地图出版的世界地图册,神游于欧美各国的地势,心中自许,有一天终会走出地图,去实践那些港湾曲折的国家。如此北向约行十五分钟后,就右转上坡,绕过水田进入两坡之间的一道弯谷,接着又是颇陡的上坡,最后才到了一座年湮代远的古屋,朱家祠堂。

当时国民党当政,有一个部门专管海外的党,称为"海外部",下设一科,专掌海外党籍的登记。日机常轰炸重庆,所以许多机构就疏散到乡下去。父亲奉命到此穷乡成立一个"登记科",而自己则仍留在重庆办公。那时不比现在的大陆交通四通八达,再远的景点或稍具规模的城市甚至有班机直达。所以僻壤和重庆之间,水路要靠嘉陵江上的小火轮,旱路则有赖骑马甚至步行了。如我记得不错,小镇如悦来场根本没有邮局。

月色清朗之夜,我们最担心日机会侵犯四川,来轰炸重庆。遇到如此的月夜,我们就各备小板凳,去树下"逃警报"。悦来场距重庆约为六十华里(即30千米),敌机根本不会来炸乡下,可是这距离却能让我们清晰地看到高射炮和机关枪连续地交锋。日后我在美国开车,形容高速公路上断而复续的分界线,像这种月色之夜,地面和空中交火的情形。

我在南京青年会中学的成绩,中文和英文总在前茅,久之竟自命不凡，有天才的幻觉。可是在我进入初中之初，校中来了一个过境之高二插班生，名叫袁可嘉，日后他转去了西南联大，得以挹名师之清芬，做了朱光潜一辈的高足。当时他应该是全校才学最富的学生，所以被选为军训的大队长。我吃饭最慢，总是他按规定之后，大喊"起立"，并向训育主任鞠躬，再喊一声"解散"。见我仍在划饭，会过来劝喻我"下次吃快一点"。抗战结束，他回到上海，名字常出现在《大公报》很专业的副刊上，令我十分钦羡。他在青中挂单只有一年，我当时太小，尚不足预知他"终非池中物"。可是从他鹤立的风度和超卓的气概上，已敏感到他匆匆去昆明，是明智之举。从此，我提高了眼界，悟出了天外有天。

初中时期，甚至包括高中初年，我在青中的最好朋友是吴显恕。四川人把"地主"之家称为绅良，显恕应该来自绅良家庭，口音是本地人，家究竟在何处，我并不清楚，可能就是江北县。他的头有点尖，五官忠厚，富幽默感，尤其在纪念周之类的严肃场合，台上的主持人正大言炎炎，他就抑低声音在我耳边挖苦他的荒谬，惹得我哭笑不得。

吴显恕对文学也颇有颖悟，乐于和我逃课，和我一起并坐在石阶上，念《西厢记》或其他名著。有一次，我们念到苏曼殊的《断鸿零雁记》中有"一时蝉声四彻……"之句，我们竟感动得交口艳羡。又一次，共念当时风行的《婉容词》，也很有同感。该书咏叹一女子之被弃，开始一句是"天昏地暗，美洲在哪边"。

显恕家既富有，藏书自多。记得某次他从家里带来一本大辞典，很重，我从中发现"英文最长的词"：floccinaucinihilipilification，欢喜之余，考同学们举出英文长词。他们推出 extraterritoriality，输给了我。

又有一次，他从家中带来一书，说是袁枚所著，其中游及武则天宫闱之私，真是我们私窥之秘籍。袁枚奇才，写出此书确有可能。

显恕出身于"地主"之家，"文革"时恐难逃批斗大劫。抗战胜利，我随父母回去南京，从此失去了联络。我甚至不知道他是否还在人间。我的怀乡诗《乡愁》传回了大陆，颇为流行，也许他也看到。我在亮里，他在暗中，如果他看到，想必会先联络我。"文革"浩劫，牵连很广，受害者不可胜数。就算他逃过一劫，也不能盼望他如我长寿。如果有人见吾文而知显恕下落或后事者，请尽远告知，以慰我心中久望。

二〇一七年十月二十一日

鹆池

笔直纤细的黑喙

什么鱼躲得过呢

高跷修长的赤腿

什么水淹得没呢

白体鸟翼的远客

横越寒温热三带

什么风拦得住呢

西伯利亚你都不怕远

双溪清流你更不怕深

北纬与东经任你

一纵身高来，高去

校园数你最神奇

二〇一五年六月

五株荔树

最后车到了万杉郑古厝
不见万杉,却有五株荔树
穿过砖灶犹存的厨房
攀上屋后土石杂砌
而成不平之平台,落脚小心
满地乱石间老根盘错
引颈仰望,树干合抱犹不拢
霜皮溜雨,黛叶参天
巨荫成盖,针孔滴漏着青霄
平台上自东向西一排荔树
庇荫着古厝半亩的故事
古厝坐南朝北,我探头北望
越过鳞鳞瓦坡,燕尾对摆
可窥山势起伏,背负远天一碧

时间的乡愁

乡人从左到右,指点出三峰
石齿、玳瑁、铁甲,正是
承尧叔画中网皴的故乡
也许小时候我曾经攀过
余江海却说,他记不得了
但记得这一排五株高树
他真的陪我冒险爬过
"再来比赛一次吧,"
乡人笑说,又争相告诉我
海峡对面迟归的稀客
说八月果熟,满枝甘荔
累累垂着绛圆的虬果
收成,足足有四五百斤
"这么丰富啊?"我大吃一惊
(简直请得动东坡老饕了!)
一时,不知该可惜,一颗
也没有缘分入口,或是该
自豪于拥有多产的果林
吾乡在洋上村,辖于桃镇
出了厦门机场,高速路
要攀坡穿岭,穿九条隧道
才抵永春,一路找到

五株荔树

百年前父亲呱呱一声啼
降生在泉州辖下的山县
这山城，也是近一世纪之前
母亲，江南一婵娟的女子
自太湖岸边，运河过处
师范学院刚毕业，分派来此
因此，我有幸向她投胎

二〇一五年十一月三日

风筝与救护车

每次见到从地平线上
升起了一只,两只风筝
吾心就飞扬,似乎
有人正跟神灵在通话
似乎这城市没在战争
风云跟鸟都各得其所
武器,似乎都睡着

但并非天天都如此
突如其来,凄厉的警报
会逆所有的耳神经
而来,那是救护车路过
提醒我,更多的人不幸
我一面让路在街旁

一面,为车中人祷告

希望他的医师和护士
都耐心而仁慈,而家人
的祷告神灵都听到
谁,小时候没放过风筝呢
谁,老来能永远保证
躺救护车的不是他人
而是自己,有一天,在抢路

二〇一五年十一月二十六日

沙糖橘

小不盈握，一只沙糖橘
表面青黄不接，外交似非所长
偶有斑点，暗示造化的沧桑
剥开了，却长得非常认真
一律八瓣，像是在平均分省
吐出蕞尔的几粒种籽
筋络交接，自成经纬的系统
但地轴一线却中空成缝
北极一眼可望穿到南极
地心的秘密不过是虚心
这么精巧的空间别有天地
组织完备像列支登斯坦
应有尽有的小公国，几乎
难容我笨拙的手指试探

沙糖橘

尽管它大得已足以自夸
小人国特大号的南瓜

二〇一六年一月

谢渡也沙糖橘

昔曾赠我茂谷柑
今又馈我沙糖橘
犹记茂谷硕而甘
只只令人馋得饫
而今粒粒沙糖小
有若卫星比行星
体貌虽细味不逊
皮薄易剥瓣瓣好
非惟水多能解渴
貌不惊人我更惊
固知瓶小容巨魔
五绝何曾输七律

前啖茂谷香犹在

今再答诗沙糖橘

二〇一六年一月

危 楼

仅仅是八秒钟
一只盲目的牛
在十六公里下翻身
把十四层高的危楼
摇摇摇——坠
成比萨斜塔乎
不,成空中楼阁
不,成鬼屋,蜃楼

危楼偏多噩梦
寅时惊起
竟是更大的梦魇
一具多层的棺材
谁死,谁活

谁能爬出棺材去

谁能等到钢牙来

谁，出来能够抱家人

谁，出来时仅免一身

生，死，只在掷一骰

危楼外

另一批人在逃避

业主

建筑师

验收员

什么课

什么局

什么墙

什么柱

谁剥皮

谁抽筋

谁偷工

谁改名

谁事后先知

谁明知仍犯

谁身后

有胆见死者

一百多位呢

——灾户！苦主！

二〇一六年四月

半世纪

半世纪前谁不曾年轻

谁不曾，高谈卡夫卡、卡缪

排排坐在咖啡馆

齐齐嗑嗑吃果果，谁不曾

在香烟与啤酒之间

引一句半句萨特，译

一段半段海明威，读

一本半本川端康成

英美太普通了，日本太近

最好是欧陆流行的作家

译名谁也拼不全，读不准

R. M. Rilke, García Lorca

Simone de Beauvoir

半世纪后再见面

场合是演说，决审，颁奖，接受荣誉学位，庆生

头衔是专家，名家，权威，大师

稿费是五位数，台币，港币，人民币

发色是由灰而白，发观是由稀而秃

病情是因人而异，对他人也说不清

话题则从内科到外科，医生则西医到中医

你诉你的高血压

他诉他的类风湿

我害我的青光眼

耳朵早该戴助听器

牙齿又洁白又整齐，太可疑

集体的独白，众声也不太喧哗

逐一听去，有谁能注意到底

抗不了地心的吸力

有的缩水，有的腰酸骨折

算了吧——还在讲荒谬，孤绝

还内心挣扎，超现实，达达？

真离不了的，是医院和药瓶

结论是："吾所以有大患者

为吾有身！"真相是：步步为营

绝对不能够跌跤

一失足成终身
不,余生之恨

二〇一六年六月十七日

他 与 众 神

当夜色下降，星光升起
谁在其间呢，独对天地
夜色再沉，沉不到他心底
星光再高，高不过他发际
整片海峡都不可思议
下面都合了睫了
忙的是上面的星斗，恒在位移
流星难防，躲过左颊，躲不过右腮
大哉银河在天穹顶转轴
是谁呢在踩这造化的水车
灯塔不及的地方
下面是他的桌灯荧荧
上面是神的吊灯熠熠
不知那些森罗的灯盏

从何时起就那么悬疑

在怎样的星座，如何的峭壁

玄秘的台湾海峡

一半归，无眠的，他

一半属，传说的，众神

二〇一六年六月

三伏大暑

血肉之躯,每天都挥汗
仰攀到35°或37°的炎站
再往上已经无力
只因为北半球
倾斜向太阳的母球
到廿三度半的依偎
要到秋分才能够除炎
要消暑只能启动空调
那就等于投降给科技
享受冷气又关上,骤冷
骤热,无所适从于两极
最好是台风带来淋漓
赚来凉席上偶梦的秋季

二〇一六年九月

巫者告诉我

巫者告诉我，舟山的普陀寺
寺中的观音，是我的守护之神
常在杯筊中给我神谕
让巫者俯拾了又拾
我在厦大时，已惯去南普陀进香
廿一岁少年骑车驰骋沙岸
对大圣有深沉的孺慕
何况妈祖更是她爱徒
直到英国诗人格雷夫斯
告诉我，他的本命守护神
正是"白女神"，裙带临风
我遽吃一惊，一震
观音！不正是白衣大士吗？
供柳枝的透晶长瓶

时间的乡愁

储着最清纯的圣水

转身看案上的大士

她的脸微俯,宁静而慈悲

什么纶音也未发

白女神是垂爱的象征

是格雷夫斯无尽的灵感

阿芙罗黛悌的化身

专司他创作的圣殿

相加该是我双重的天启

格雷夫斯寿高达九秩

想我当不止此数

观音什么也不说

却似乎微抿了一下

二〇一六年十一月

不倒翁

小时候
长辈送了我一个不倒翁
我并不欢喜
因为那"翁"字
因为它不倒
因为它左摇右摆
前仰后合
总是不倒

总是不倒
因为它重心永远在下
相信世上有不倒之翁
说明中国人思想多高超
成翁而不倒

时间的乡愁

  世上有几亿老人
  真有人
  不愿做不倒翁吗?

  二〇一七年一月

天 问

想当年母亲生我（父亲也有份）
那是流血的悲剧
母亲的门户大开大合
父亲手忙脚乱
哭声惊动了邻里
但双亲报我以笑声
留下可笑的肚脐眼
见证这一幕悲喜剧
这一具衰颓的肉身
曾经历两次战争
南京大屠杀，重庆大轰炸
（我都有份）可以见证
东洋武士刀所夸的事情

时间的乡愁

父亲和母亲早已亡故

清明的坟头,除夕的供案

不知他们的灵魂

去了何处?现在轮到我

来发问,来操心

有何处可去:吾妻去处

我也能去么,她会在何处

等我呢,我能

在她的去处等她吗?

这问题,所有的神学家

宗教家,圣人和巫者

都被问过,星空之下

思想家也都问过自己

但此刻,是学者、科学家在问

此刻,余光中的灵魂

该安顿在何处:南北极

东西经,南北纬,何处可安顿

预言家可信么,屈原、陶潜、李白

可信么?人寿苦短,光年太长

有光年这件事么,科学家在问

这件事,迟早有人来催租

天问

不容你偏安于迷信或传闻

以灵魂"一缕"之纤弱

挡得住身后,"五行"之不测么?

二〇一七年春天

舍 利 子

火葬之后
我的骨灰久久不散热
犹似贪嗔的红尘
你们不妨拿去分一分
无非是我的爱
我的关怀,我的缘分
若我真是位高僧
当可找到舍利子
印证美已成正果
在每一卷诗的扉页
只要掀开,就能够
见我的眼神未改

图书在版编目（CIP）数据

时间的乡愁 / 余光中著. — 北京：中国友谊出版公司，2019.2（2022.12重印）
ISBN 978-7-5057-4592-6

Ⅰ.①时… Ⅱ.①余… Ⅲ.①诗集－中国－当代②散文集－中国－当代 Ⅳ.①I217.2

中国版本图书馆CIP数据核字（2019）第027117号

著作权合同登记号　图字：01-2019-0660

本书由台北九歌出版社有限公司授权出版。

书名	时间的乡愁
作者	余光中
出版	中国友谊出版公司
发行	中国友谊出版公司
经销	新华书店
印刷	三河市中晟雅豪印务有限公司
规格	787×1092毫米　32开　9.75印张　199千字
版次	2019年4月第1版
印次	2022年12月第2次印刷
书号	ISBN 978-7-5057-4592-6
定价	49.80元
地址	北京市朝阳区西坝河南里17号楼
邮编	100028
电话	（010）64678009

如发现图书质量问题，可联系调换。质量投诉电话：010-82069336